Ralf Huj

Merowech´s Erben

Ralf Huj

Merowech´s Erben

Bibliografische Information der Deutschen Nationalbibliothek:
Die Deutsche Nationalbibliothek verzeichnet diese Publikation in der Deutschen Nationalbibliografie; detaillierte bibliografische Daten sind im Internet über http://dnb.dnb.de abrufbar.

Herstellung und Verlag: BoD – Books on Demand, Norderstedt
ISBN: 978-3-7568-0128-2

Widmung

Diese Erzählung ist an alle die gerichtet, welche wie ich spüren, dass jetzt die Zeit gekommen ist, diese Welt und diese Gesellschaft in eine bessere, sozialere, gerechtere und gleichberechtigtere Welt zu transformieren.

Mein besonderer Dank geht dabei an das Autoren Trio Lincoln, Baigent und Leigh, die mich mit Ihren Büchern zu diesem Roman, genauso wie er nun ist, inspiriert haben und deren Ergebnisse in diese Erzählung teilweise eingeflossen sind.

Des Weiteren geht mein Dank an meine Lebensgefährtin und Seelenpartnerin Andrea, die mit viel Geduld und Hartnäckigkeit die Fertigstellung maßgeblich vorangetrieben hat.

Alle Personen und Handlungen sind frei erfunden und eventuelle Ähnlichkeiten mit echten Personen und Handlungen sind rein zufällig.

Einleitung

Es war schon später Nachmittag, als sie bei Rosslyn Chapel ankamen.

Sie, das waren Peter und Ann Stenaj-Planter.

Ann war Anfang 40, hatte krause, rotblonde, halblange Haare war schlank, aber nicht dünn und ca. 1,70 m groß. Sie hatte ein hübsches längliches Gesicht aus dem, hinter einer modischen Brille, wach und freundlich, zwei eisblaue Augen blickten.

Peter war Mitte 40, ca. 1,80 groß, seine Figur war sportlich, wenn er auch schon einen leichten Bauchansatz hatte. Das Gesicht war rundlich, die Wangenknochen standen hoch und entspannten dadurch die Rundung etwas. Die Augen waren braun, fast schwarz und verliehen ihm einen mystischen Touch und er hatte braunes an den Seiten leicht grau meliertes kurzes Haar.

Sie hatten sich vorgenommen, unbedingt noch bevor sie ins Hotel fuhren, einen kurzen Blick auf dieses berühmte Gebäude zu werfen. Sie stellten ihr Fahrzeug direkt bei der Kapelle ab und gingen zum Eingang. Als sie feststellten, dass dieser offen war, betraten sie das Gebäude. Drinnen angekommen blieben sie überwältigt stehen. Sie trauten vor Ehrfurcht kaum zu atmen. Obwohl die untergehende Sonne nur noch ein diffuses Licht durch die Fenster schickte, konnten sie die vielen diversen Verzierungen, die überall in der Kirche angebracht waren, erkennen. Diese wirkten in diesem Licht teilweise unheimlich auf sie und waren Ihrer Meinung nach irgendwie gar nicht christlichen Ursprungs.

Es waren da vor allem die vielen Darstellungen des „Grünen Mannes", dem keltischen Fruchtbarkeitsgott, die dem Betrachter zuallererst ins Auge vielen. Aber auch die Engelsfiguren, die freimaurerische Symboliken und Gesten darstellten, faszinierten sie. Überall in dieser Kapelle konnte man die Anwesenheit der Erbauer, die wohl eng mit den Templern und Freimaurern verbunden gewesen sein mussten, förmlich spüren. Ehrfurchtsvoll und mit einem leichten Frösteln gingen sie etwas weiter an den drei großen und mit prächtigen, spiralförmig umlaufenden Ornamenten versehenen

Säulen in die Kirche hinein, bis sie an einer Bodenplatte ankamen, unter der, so hatten sie gelesen, ein Mitglied der Familie begraben war, die dieses Gebäude einst erbaut hatte.

Sie waren so überwältigt von diesen Eindrücken, die all diese Steinmetzarbeiten in Ihnen aufkommen ließen, dass sie nicht bemerkt hatten, das kurz nach ihnen noch ein zweites Fahrzeug angekommen war.

Aus dem Fahrzeug stiegen zwei dunkel gekleidete Gestalten aus. Der eine war knapp 2 m groß und sehr grobschlächtig gebaut. Der andere war bedeutend kleiner, aber dafür filigraner.

Die zwei ungleichen Figuren warfen einen triumphierenden Blick auf das Auto der beiden und machten sich nun ihrerseits auf den Weg in die Kapelle. Bevor sie jedoch die Kapelle betraten, wandte sich der eine, wie sich später herausstellen sollte, Pater John genannt wurde, dem anderen zu und flüsterte.

„Pater Petro, du weißt, worauf es ankommt, den beiden da drin darf nichts passieren. Also lass dich zu nichts hinreißen, was du später bereuen könntest. Verstanden?"

Pater John sagte dies in dem Wissen, dass Pater Petro leicht, da dieser zeitweise sehr impulsiv sein konnte, zu unüberlegten Handlungen neigte.

Der Angesprochene nickte nur und ging in das Gebäude. Pater John selbst folgte Pater Petro auf den Fuß. Im Inneren der Kirche sahen sie sofort, wo sich die anderen beiden Personen Ihres Begehrens befanden und gingen zielstrebig auf diese zu.

Das Pärchen war so in das Betrachten der Verzierungen auf der Bodenplatte und den Wänden vertieft, dass sie die Neuankömmlinge erst bemerkten, als diese schon neben ihnen standen.

Pater Petro hatte unterdessen eine Pistole aus dem Schulterhalfter unter seiner Jacke gezogen und richtete diese auf die beiden. Pater John hingegen begann nun leise, aber bestimmt, das Wort an ihre Opfer zu richten.

„Wir wollen doch kein Aufsehen erregen, Herr und Frau Stenaj-Planter. Bitte folgen Sie uns und zwingen

Sie uns nicht, Gewalt anwenden zu müssen. Denn das liegt nicht in unserer Natur und wir würden nur äußerst ungern darauf zurückgreifen. Also vorwärts und die Hände können sie unten lassen."

Er ging voraus und die beiden angesprochenen waren so perplex, dass sie ihm, ohne ein Wort folgten, während Pater Petro mit der Waffe in der Hand den Schluss des eigentümlichen Zuges bildete. Die Frau hatte unterdes-sen nach der Hand ihres Partners gegriffen und flüsterte ihm ängstlich zu. „Peter, tu doch was!"

Peter hatte nun auch selbst den ersten Schrecken überstanden und blieb gerade als sie wieder im Freien angekommen waren, abrupt stehen.

Pater Petro wäre fast auf die beiden aufgelaufen und zischte ihnen verärgert zu.

„Weiter gehen, los weiter gehen" und fuchtelte dabei mit seiner Waffe wild vor ihren Gesichtern herum.

Erst jetzt bemerkte Pater John, der schon ein paar Schritte weiter gegangen war, dass die anderen stehen geblieben waren und drehte sich um. Peter und seine

Partnerin machten unterdessen keine Anstalten, weiter gehen zu wollen. Stattdessen richtete er nun seinerseits das Wort an Pater John.

„Was wollen sie eigentlich von uns?" fragte er ihn provokant. Er wollte Zeit schinden damit er nach einem Weg suchen konnte, wie sie aus diesem Dilemma herauskamen. „Ich kenne Sie doch."

Als seine Frau nickte, wusste er, dass auch diese ihn wiedererkannt hatte.

„Sie verfolgen uns doch schon, seit wir hier auf der Insel sind."

Pater John antwortet nur knapp. „Das werden Sie noch früh genug erfahren und nun weiter, aber plötzlich!"

Peter und Ann wussten nun, dass es aus dieser Nummer wohl keinen Ausweg zu geben schien und sie auf ein Wunder hoffen mussten. Also gingen sie weiter, denn keiner von beiden wollte etwas riskieren, das den anderen in Lebensgefahr bringen konnte. Im Augenblick zu mindestens würden sie sich ruhig verhalten.

Sie waren schon fasst an den Fahrzeugen angekommen, als plötzlich vier weitere Gestalten vor ihnen auftauchten. Diese kamen auf sie zu und Pater John bedeutete allen stehen zu bleiben. In diesem Moment fing Peters Frau an zu schreien. „Helfen Sie uns! Bitte helfen Sie uns",

während sie dies tat, ließ sie sich geistesgegenwärtig fallen und zog Peter mit sich.

Danach ging alles ziemlich schnell. Die vier Gestalten begannen auf sie zu zulaufen und die beiden Patres versuchten zu flüchten. Hals über Kopf rannten die schwarzen Männer zu ihrem Fahrzeug.

Einer der vier Neuankömmlinge rief ihnen hinterher. „Halt, stehen bleiben, Scottland Yard, bleiben Sie stehen!"

Dann waren sie schon bei den Flüchtenden angekommen. Nach einem kurzen, aber heftigen Handgemenge, schafften die Padres es aber trotzdem noch ihr Fahrzeug zu erreichen und suchten mit quietschenden Reifen das Weite.

Kurz darauf waren die vier Gestalten bei Peter und Ann, die sich gerade wieder aufgerappelt hatten, angekommen.

„Danke für Ihre Hilfe," sagte Peter erleichtert „Sie sind gerade zum rechten Augenblick gekommen. Danke."

„Gern geschehen!" bekam er zur Antwort „Aber was war denn los? Was wollten die beiden dunklen Gestalten von Ihnen?" fragte einer der vier, der wohl ihr Anführer sein musste. Er war mittelgroß, hatte dunkle Haare und sein Gesicht war aristokratisch geschnitten.

„Mein Name ist Sinclair. Duncan Sinclair. Ich bin von Scottland Yard und Sie haben Glück gehabt, das wir zugegen waren. Wären hier nicht in der letzten Zeit einige Touristenautos aufgebrochen worden, wären wir nicht hier gewesen. Sie hatten also mächtiges Glück." stellte er sich vor und zeigte dabei seinen Dienstausweis.

„Mein Name ist Peter Stenaj und das ist meine Frau Ann." stellte Peter auch sich und seine Frau vor und beantwortete auch gleich die Fragen von Sinclair, die dieser noch gar nicht gestellt hatte.

„Die beiden wollten uns entführen. Doch warum und weshalb wollten sie uns partout nicht sagen." gab er ironisch an.

„Fakt jedoch ist, dass sie uns schon verfolgt haben, seit wir vor ein paar Tagen in Dover auf die Insel kamen."

„Haben Sie die Gesichter der beiden gesehen? Können Sie sie beschreiben?" fragte Sinclair. Beide nickten.

„Gut!" sprach Sinclair weiter. „Dann werden wir später bei unserem Zeichner Phantombilder anfertigen und nach den beiden fahnden. Bis wir sie gefasst haben, würden wir Sie beide gerne an einen sicheren Ort bringen, an welchem Sie sich entspannt von dem Schock von heute Abend erholen können. Ist das in Ihrem Interesse?" führte Sinclair aus. Beide nickten abermals.

„Gut!" begann Sinclair von neuem. „Lassen Sie Ihren Wagen stehen. Holen Sie nur ihr Gepäck heraus. Meine Leute helfen Ihnen dabei. Wir sollten keine Zeit verlieren."

Nachdem alles so geschehen war, machten sie sich auf den Weg.

Kapitel 1

Da saß er nun. In einem landestypischen Cottage am Rand der Highlands. Einer der letzten Winterstürme blies draußen über die Hügel und brachte Regen und Kälte mit sich.

Das Cottage, in welches sie gebracht worden waren, nachdem sie beim Zeichner von Scottland Yard waren, war spärlich eingerichtet. Nur ein paar grob gezimmerte Stühle standen neben einem eben solchen Tisch in dem Raum, der als Küche, Ess- und Wohnbereich diente.

Auf der Kochstelle, die mit Holz befeuert wurde, stand ein Topf mit Stew, das noch nicht ganz gar war und welches sie aus den Lebensmitteln, die man ihnen überlassen hatte, gekocht hatten. Es roch aber dennoch schon vorzüglich. Daneben stand ein Kessel mit Wasser, der leise vor sich hin pfiff.

Vor sich hatte er eine Tasse mit heißem Tee stehen, den er in kleinen Schlucken genüsslich trank. Er sollte ihn von innen wärmen. Das Herdfeuer und der offene Kamin auf der anderen Seite des Raumes vertrieb die Kälte aus den beiden Räumen und dem Schlafboden, der über eine Leiter vom Wohnbereich aus zu erreichen war. Das gelang auch gut.

Die übrige Einrichtung des Gebäudes nahm er nur am Rande wahr. Da standen noch ein altes Buffet und ein Schrank in dem Raum, in dem er saß. In dem anderen Raum, der an den Wohnbereich anschloss und über eine Türe betreten werden konnte, befanden sich ein Sofa mit Tischchen, ein massiver Schrank und ein Sekretär. Alle Möbel mussten in etwa gleiches Alter sein, denn der Stil war so ziemlich derselbe. Am hinteren Ende des zweiten Raumes war nachträglich eine Wand aus Rigips eingezogen worden. Dahinter befand sich ein kleines Badezimmer mit einer kleinen Dusche, einem Waschbecken und einer Toilette sowie einem elektrischen Wasserboiler. Schließlich waren noch ein paar Matratzen und ein kleines Sideboard auf dem Schlafboden.

Das spärliche Licht spendeten ein Paar Kerzen und mehrere kleine Petroleumlampen. Es gab zwar auch einen Generator für Strom im Geräteschuppen, der an das Cottage angrenzte. Doch den sollten sie nur dann benutzen, wenn es unbedingt notwendig war, denn die Vorräte an Benzin waren noch etwas begrenzt.

Deshalb mussten sie sich auch mit kaltem Wasser waschen, da der Boiler im Bad aus eben diesem Grund auch noch nicht funktionierte.

So saß er nun auf seinem Stuhl am Tisch, mit seiner Tasse Tee vor sich, hatte die Ellenbogen aufgestützt, den Kopf in seine Hände gelegt und starrte in den Kamin, indem ein kleines, aber feines Feuerchen loderte und knisterte, und sinnierte darüber nach, wie und was sie, also ihn und seine Frau, hierhergebracht hatte.

In der behaglichen, aber dennoch trügerischen Atmosphäre des Cottage schweiften seine Gedanken langsam ab. Er erinnerte sich zurück an seine Schulzeit daran und dorthin, wo, wie er meinte, alles begann. Er wünschte sich, obwohl er insgeheim wusste, dass es gut so war, er hätte damals einen Bogen um all diese Dinge gemacht.

Er musste 12 oder 13 Jahre alt gewesen sein, als er mit seiner Schulklasse einen Ausflug in einen Nachbarort unternahm.

Dort in Hochdorf hatte ein paar Monate zuvor eine Bäuerin beim Pflügen eines ihrer Felder ein paar keltische Artefakte gefunden. Sie informierte die Gemeinde über ihren Fund. Diese wiederum verständigte das zuständige Landesamt und es begannen Ausgrabungen auf jenem Acker.

Wie sich dann im Laufe der Grabung herausstellen sollte, verbarg sich in diesem Feld das Hügelgrab eines keltischen Fürsten.

Und eben zu dieser Grabungsstätte führte auch der Ausflug seiner Schulklasse. Er stand fasziniert vor und in diesem Grabungsfeld und schaute den Archäologen bei der Arbeit zu. Damals beschloss er Archäologe zu werden.

Die Jahre danach vergingen. Er wurde zwar nicht Archäologe und auch nicht Anthropologe, aber die Faszination von damals verlor sich nie ganz.

Er fing an, alle Bücher über Archäologie, derer er habhaft werden konnte, zu verschlingen. Zuerst waren es nur Bücher, die seinem Alter gemäß waren. Doch diese langweilten ihn schnell. Darin wurde immer nur über Arbeits- und Herangehensweisen sowie über das Warum und Weshalb eben den Basics gesprochen. Er wollte aber mehr darüber wissen.

So begann er dann sehr schnell in den Bibliotheken der Umgebung nach Büchern zu suchen, die seinen Wissensdurst stillen konnten. Das waren zuerst Bücher über die alten Ägypter, Nord- und Südamerika mit ihren verschiedenen indianischen Kulturen, aber auch Mesopotamien, Babylon, Griechenland und das alte Rom. Auch ein paar wenige über die asiatischen und anderen europäischen Kulturen waren mit dabei. Er verschlang sie alle.

Je mehr er las, merkte er, dass jedes dieser Werke voll war von Mutmaßungen und Theorien, die sich teilweise sogar widersprachen.

Da er aber keiner Fakultät angehörte und somit frei von jeglicher Beeinflussung irgendwelcher Professoren, Fakultätsvorsteher, Fachgurus oder Fachvereinigungen war, konnte er unbefangen auch Literatur von Autoren lesen, die von eben diesen aufs Übelste angefeindet wurden. In seinem Kopf begann sich ein für ihn relativ objektives Gesamtbild abzuzeichnen.

Doch um ein wirkliches Verständnis von all dem, was er nun an wissenschaftlichen Informationen zusammen getragen hatte zu bekommen, fehlte ihm noch ein wichtiger Baustein.

Da sich sehr viel in all den Büchern mit Mutmaßungen über die Religionen und Philosophien der einzelnen Kulturen befasste, fing er an, sich mit diesen, die in der heutigen Zeit noch greifbar waren, auseinanderzusetzen.

Gleichzeitig begannen ihn auch die Grenzwissenschaften wie Parapsychologie zu interessieren. Letztlich landete er dann bei der Psychologie.

Er wurde letztlich Psychotherapeut und wie die Leute meinten, sogar ein sehr guter. Dies zu beurteilen, überließ er jedoch anderen.

Was aber den Fakten entsprach, war, dass einiges von den Dingen, welche er über die Philosophien der alten Kulturen herausgefunden hatte, in seine heutige Arbeit eingeflossen war. Insbesondere das, was er über die Kelten wusste.

Deshalb wurde er oft belächelt und angefeindet. Doch der Erfolg gab ihm recht. Er ging in seiner Arbeit auf. Die Erkenntnisse, die er bei seiner Arbeit und seinen weiteren Studien der keltischen Philosophie und Lebensweise zog, brachten ihm gleichzeitig aber auch ein tieferes Verständnis zu all jenen Dingen, die ihn in seiner Jugend beschäftigt hatten, und Schwierigkeiten!

Die Schwierigkeiten beschränkten sich zu anfangs allerdings nur darauf, dass es, je tiefer er sich in die Materie hineinarbeitete, immer schwieriger wurde Zugang zu den eh schon spärlich gestreuten Schriften, die es über die keltische Kultur noch gab, zu finden.

Zuerst war dies noch recht einfach. Er las die Bibel, die Apokryphen, studierte die Kabbala und den Koran. Auch einige Abhandlungen des tibetischen sowie des Zen Buddhismus waren dabei. Des weiteren Bücher über die chinesischen Philosophien wie Chi Gong oder Feng-Shui und darüber kam er wieder zurück nach Europa und dessen Philosophien.

Irgendwann bekam er ein Buch über Geomantie, das europäische Pendant zu Feng-Shui, in die Hände, welches er mit wachsendem Interesse verschlang. Es erinnerte ihn wieder an die alten Kelten und so kurios es auch klingen mag, auch an die Theorien des Psychologen Jung. Dessen Lehren er schon während seiner Studienzeit interessiert aufnahm. Man konnte ihn gewissermaßen als Jungianer bezeichnen.

Ausgestattet mit dieser Grundlage begann er nun, die alten Kelten neu zu ergründen.

Zu dieser Zeit reiste er oft nach England, Wales, Schottland und Irland. Denn dort war das Keltische noch am lebendigsten. Er besuchte viele Orte, die aus den überlieferten Legenden bekannt waren und jedes Mal, wenn er an solch einen Ort kam, war es ihm, als stände er am Eingang in eine andere Welt.

Er versuchte an diesen Orten mehr über ihre Entstehungsgeschichte herauszufinden, indem er die örtlichen Archive durchforstete und mit ansässigen Historikern diskutierte. Er wollte einfach wissen, was an den Überlieferungen dran war. Deshalb begann er auch die alten Wissenschaften zu praktizieren.

Er wendete die Geomantie (das westliche Feng-Shui) an. Ging mit den Ruten, welches er von einem evangelischen Pastor aus dem Schwarzwald lernte, um Wasseradern, Energieadern, Kraftplätze und Ähnliches zu finden. Wandte aber auch Messmethoden der modernen Physik und Geologie an. Einfach um zu überprüfen, ob die Ergebnisse, welche die alten Methoden brachten, wirklich sein konnten.

Er wurde des Öfteren überrascht, wie genau die Ergebnisse nach diesen alten Methoden waren. Dies faszinierte ihn so sehr, dass er nun verschiedene Orte in Deutschland überprüfte, und die Erkenntnisse waren dieselben. Angestachelt davon suchte er weiter nach altem Wissen und war sehr überrascht, als er herausfand, dass vieles im Katechismus der katholischen und evangelischen Kirche auf das Wissen der druidischen Kelten zurückzuführen war.

Er stieß auf die Kuldeer. Diese waren irische Mönche, die in ihren Klöstern in der ersten Hälfte des ersten Jahrtausends vielen keltischen Druiden, den Gelehrten der keltischen Kultur, Unterschlupf gewährten, als diese von der römischen Kirche verfolgt wurden.

So vermischte sich das alte Wissen mit der neuen Religion aus Rom und konnte so auch fortbestehen.

Diese irischen Mönche, die eigentlich Druiden waren, machten sich nun auf, um in ganz Europa (dem ehemaligen Römischen Reich und Germanien) mit ihrer modifizierten christlichen Lehre zu missionieren.

Sie kamen sogar bis nach Rom. Wo vieles der Lehren der Kuldeer, von der römischen Kirche übernommen und dazu benutzt wurde, den alten Glauben, die alte Philosophie der Kelten aus dem Gedächtnis der Menschen zu tilgen. Was aber nicht vollständig gelang.

Doch er fand noch anderes, viel Älteres und auch Verblüffenderes.

Die alten Griechen selbst hatten vieles von den keltischen Druiden gelernt. Die Orphiker, eine der ältesten Philosophien, wenn nicht sogar die älteste im damals noch nicht vereinten Griechenland, hatten ihre Lehre nach den ersten Kontakten mit den Thrakern, einem keltischen Volksstamm am Schwarzen Meer, entwickelt und dabei vieles von diesen übernommen.

Das verblüffendste jedoch war, dass laut den alten Griechen die Kelten schon damals ihre Anführer für einen bestimmten Zeitraum wählten und alle wichtigen Entscheidungen durch einen Rat treffen ließen.

Dies hieße aber, dass die Wiege der Demokratie im keltischen Volksraum und nicht in Griechenland zu suchen war.

Er fand auch heraus, dass keltische Gelehrte bis nach Ägypten, Babylon, Indien und in den Himalaja, ja vielleicht sogar bis China kamen, um dort Wissen zu finden und zu lehren. Auch hatten sie im ganzen nördlichen Europa universitätsähnliche Schulen.

Er fand heraus, dass beispielsweise die Universität Oxford aus einer solchen hervorgegangen war. Des Weiteren besaßen sie ein hervorragend funktionierendes soziales Netz.

Nach allem, was er über die Jahre nun zusammengetragen hatte, waren die Kelten keineswegs ein, wie die römische Geschichtsschreibung behauptet, barbarisches und unzivilisiertes Volk, sondern vielmehr ein hochzivilisierter Völkerbund mit einer einheitlichen Philosophie und einer durchdachten Gerichtsbarkeit auf der Basis einer sozialen Demokratie. Welche zudem enge Kontakte zu der gesamten damals bekannten Welt pflegten.

Wenn dies stimmen sollte, was er keineswegs bezweifelte, müsste die ganze Geschichte des Abendlandes und darüber hinaus neu geschrieben werden. Und das machte ihm Angst.

Warum und wer steckte hinter all diesen Lügen, auf die er im Laufe der Jahre gestoßen war. Das herauszufinden, schrieb er sich fortan auf seine Fahne. Und damit begann der Ärger erst richtig.

„Peter … Peter!" rief eine weibliche Stimme aus dem Nebenzimmer. Als keine Reaktion folgte rief die Stimme abermals, doch diesmal etwas irritiert und lauter.

„Peter, hörst du nicht? Kannst du mal bitte herkommen und mir mit dem Reißverschluss helfen?"

Langsam fand er, durch die ihm wohlvertraute Stimme, wieder in die Realität zurück. Er antwortete mehr genuschelt als verständlich. „Ich komme Schatz, ich komme."

„Was sagtest du? Ich kann dich nicht verstehen." gab sie zurück.

Er antwortete nochmals „Ich komme!"

Diesmal jedoch etwas lauter und deutlicher, damit sie es auch verstehen konnte.

Langsam und umständlich stand er auf. Er dehnte und streckte sich mehrmals und versuchte so die Gedanken abzuschütteln, welche ihn übermannt hatten. Er wusste noch nicht einmal, wie lange er so dagesessen hatte und nahm sich vor, sie danach zu fragen.

Mit diesem Vorsatz durchschritt er die Tür zum Nebenraum. Er sah Ann auf dem Sofa sitzen und mit dem Reißverschluss ihres rechten Stiefels kämpfen. Den Linken hatte sie bereits ausgezogen.

Sie hörte ihn eintreten und blickte auf. Ihre blauen Augen, hinter der Brille, schauten ihn flehend an. Sie hatte leicht, von der Kälte, gerötete Wangen und ihr krauses, rotblondes Haar hing ihr, vom Sturm zerzaust, wirr ins hübsche Gesicht. Sie war noch mal hinausgegangen, um, wie sie es gesagt hatte, frische Luft zu schnappen.

Er schloss aus ihrem Aussehen, dass es draußen mächtig kalt sein musste. Er ging auf sie zu und drückte ihr zärtlich einen Kuss auf ihre halb erfrorenen Lippen und sagte dann mit einem väterlichen Ton. „Das haben wir gleich."

Er nahm ihren Fuß in die Hand und stellte fest, dass der Anhänger am Zipper abgebrochen war.

Nach einigen Versuchen schaffte er es dennoch den Stiefel zu öffnen und hielt ihn ihr mit einem triumphierenden „Et voilà!" unter die Nase.

Sie schlang daraufhin ihre Arme um seinen Hals, küsste ihn und meinte mit einem scherzenden Unterton in ihrer Stimme, kichernd. "Danke mein edler Recke. Ohne dich wäre ich verloren gewesen."

Dabei fiel ihm plötzlich brennend heiß ein, dass er sich eigentlich um das Stew, auf dem Herd, hätte kümmern sollen. Mit einem „Ich Rindvieh!" drehte er sich abrupt um und rannte in den Wohnraum zum Herd.

„Was ist denn los?" rief sie ihm, überrascht, hinterher.

„Ich sollte mich doch um das Stew kümmern. War aber dann so sehr in Gedanken versunken, dass ich es total vergessen habe." kam es mit hektischer Stimme, aus der Küche. „Wie spät haben wir denn?"

„18.15 Uhr" antwortete ihm Ann knapp.

„Mist, fast eine Stunde seit ich das letzte Mal in Topf geschaut habe. Hoffentlich ist es noch nicht zu sehr eingekocht!" nölte er vor sich hin.

Aber im Gegenteil, es war nicht eingekocht, sondern genau richtig und schmeckte, zu seiner Überraschung, vorzüglich.

Er deckte schnell den Tisch und schnitt ein paar Scheiben Brot von dem Laib aus dem Tontopf, der auf dem Buffet stand.

Während dessen hatte sich Ann im Nebenzimmer vollends umgezogen.

Er war gerade fertig, als sie zur Tür hereinkam.

„Glück gehabt, mein Schatz. Das Essen ist fertig. Komm, lass uns speisen. Ich glaube, so ein heißer Eintopf wird uns jetzt guttun!" säuselte er liebevoll und bot ihr einen Platz an.

„Da könntest du recht haben, mein kleines Träumerchen. Hoffentlich ist das Stew auch noch genießbar." Stichelte sie mit ernster Miene.

Sie zwinkerte dabei mit dem rechten Auge und brach gleich darauf in schallendes Gelächter aus.

Als sich Ann wieder etwas beruhigt hatte, setzten sie sich dann beide vergnügt an den rustikalen Tisch. Er schöpfte jedem von ihnen einen ordentlichen Schlag von dem Stew in die Teller und sie machten sich dann leise und genüsslich über den Eintopf her.

Nach einer Weile der Stille begannen sie von Neuem das Gespräch. Diesmal allerdings um einiges ernster.

Ann fragte Peter mit sorgenvoller Stimme „Sag mal mein Schatz. Was war vorher eigentlich los mit dir? Du hast noch nicht mal bemerkt, wie ich zur Tür hereinkam und auf meine Begrüßung hast du auch nicht geantwortet. Es war, als wärst du wo anders gewesen, zu mindestens geistig"

Nach einer kleinen Pause, in der sie ihn sorgenvoll anblickte, fuhr sie fort. „Ich habe mir ernsthaft Sorgen um dich gemacht."

„Weißt du" antwortete er ruhig. „Du brauchst dir keine Sorgen zu machen. Ich war einfach nur in Gedanken. Es ist ein bisschen viel passiert, in der letzten Zeit".

Er nahm ihre Hände in die seinen.

„Dass wir uns hier verstecken müssen – unsere neuen „Freunde"– die neuen Erkenntnisse – und nun die Ruhe, da haben mich die Erinnerungen einfach übermannt. Es ist nicht schlimm. Ich denke, ich brauche noch ein paar Tage, um das alles zu verdauen."

Sie drückte und streichelte seine Hände zärtlich. Dabei schaute sie ihn mit einem sanften und verständnisvollen Blick an und flüsterte leise. „Das brauchen wir beide glaube ich."

Sie machte eine kurze Pause und fuhr dann ebenso leise und sanft fort „Es ist schon spät, lass uns zu Bett gehen. Die Küche können wir morgen aufräumen. Ich glaube das haben wir uns verdient, oder?"

Er gab ihr keine Antwort, sondern lächelte sie nur zustimmend an und zog sie sanft, aber bestimmt über die Leiter mit auf den Schlafboden.

Kapitel 2

Er erwachte am nächsten Morgen und fühlte sich wie gerädert. Seine Hand tastete im Halbschlaf nach Ann und griff ins Leere. Schlagartig viel die letzte Müdigkeit von ihm ab. Er schreckte auf und blickte sich suchend um. Ein schleichendes Gefühl von Angst machte sich in ihm breit. Doch dann drang der Duft von frisch gebrühtem Kaffee in seine Nase und dieses unangenehme Gefühl verflüchtigte sich augenblicklich wieder. Er streckte sich, zog die Bettdecke weg und kroch zur Luke mit der Leiter hinüber. Langsam und bedächtig stieg er Sprosse für Sprosse hinunter.

Als er unten ankam, begrüßte ihn Ann mit einem zärtlichen Kuss und einem gehauchten „Guten Morgen Liebling."

Er antwortete ebenso leise „Guten Morgen Schatz, danke."

„Du hast dich heute Nacht ganz schön gewälzt im Schlaf, hast du schlecht geträumt?" Fragte sie ihn sorgenvoll.

„Weiß ich nicht, kann schon sein, kann mich aber nicht daran erinnern, ob ich etwas geträumt habe. Wahrscheinlich schon. Habe ich dich wachgehalten? Wenn ja, würde mir das sehr leidtun, Schatz" erwiderte er schuldbewusst.

„Nein, nicht der Rede wert. Ich bin nur ein- oder zweimal davon wach geworden. Ich habe aber trotzdem sehr gut geschlafen. Ich hoffe du auch. Möchtest du einen Kaffee"

Er nickte nur und entgegnete ihr „dann bin ich beruhigt und ja, sehr gerne."

Sie schenkte ihm noch etwas vom Kaffee nach und musterte ihn skeptisch von oben bis unten.

„Was ist?" fragte er sichtlich irritiert. „Stimmt etwas nicht"

Sie begann schallend zu lachen und antwortete grinsend. „Nein, es ist alles in bester Ordnung."

Sie stierte ihn weiter amüsiert, aber auch etwas anzüglich an. „Ich habe mir nur gerade vorgestellt wie du so!"

Sie deutete mit dem Finger auf ihn. „Bei dieser Kälte nach draußen gehen und uns etwas Holz für den Ofen holen willst. Entschuldigung aber mal ehrlich."

Sie macht nochmals eine Pause und fuhr mit der Zunge über ihre Lippen. „Ich fände das ziemlich gewagt, wenn auch sehr erotisch."

fügte sie noch feixend hinzu und taxierte ihn weiterhin mit ihrem, nun mittlerweile, ziemlich anzüglichen Blick.

„Na hör mal!" antwortete er mit gespielter Entrüstung, sich erst jetzt seiner Blöße richtig bewusst werdend.

"Erstens habe ich bis gerade nicht gewusst, dass wir Holz brauchen, und zweitens wollte ich mich gerade auf den Weg machen, um mir etwas zum anzuziehen zu holen - obwohl - wenn es dir Freunde bereitet - kann ich ja…"

„Nein, nein, ich will ja nicht, dass du dir den Tod holst."
Entgegnete sie ihm, jetzt wieder, mit besorgter Mine.

Nun prusteten sie beide lauthals los und fielen sich in die Arme. Er gab ihr noch einen zärtlichen Kuss und machte sich auf den Weg, um sich etwas anzuziehen. Währen dessen räumte sie den Tisch ab und stellte Wasser zum Spülen auf.

Nachdem Peter sich etwas Warmes angezogen hatte, kam er zurück in den Wohnraum. Er stellte sich hinter Ann und zog sie sanft an sich, gab ihr einen Kuss und flüsterte ihr ein leises „Ich liebe dich" ins Ohr. Dann drehte er sich um und ging mit den Worten „Ich gehe jetzt Holz machen" zur Tür.

Sie rief ihm mit gespielter Sorge „Pass auf dich auf und hol dir keine Frostbeulen" hinterher und wandte sich wieder der Beseitigung der Reste des Abendessens und des Frühstücks zu.

Als er ins Freie kam, stellte er fest, dass es nicht so kühl zu sein schien, wie sie beide vermutet hatten. Er ging in den Schuppen, um eine Axt zu suchen. Als er diese gefunden hatte, begab er sich zum Hackklotz mit dem Holzhaufen und begann damit das Holz zu spalten.

Währenddessen schweiften seine Gedanken abermals ab und die Erinnerung an die jüngsten Ereignisse stieg wieder in ihm auf.

Vor ungefähr fünf Jahren stieß er, als er mal wieder in der Staatsbibliothek von Stuttgart saß, auf ein Buch, in dem auf eine Verbindung zwischen den Merowingern, den judäischen Stamm Benjamin und Jesus von Nazareth hingewiesen wurde. Die alle zusammen wiederum auch in Verbindung mit dem Keltentum gebracht wurden.

Er hielt dies zuerst für überaus widersinnig und konnte es sich auch beim besten Willen nicht vorstellen, dass da eine Verbindung sein sollte. Deshalb tat er diese Theorie auch sofort als an den Haaren herbeigezogen, wieder ab.

Doch in der Folgezeit fielen ihm immer wieder Manuskripte und Papiere in die Hände, die auf die eine oder andere Art mit dieser Theorie etwas gemein hatten. So beschloss er schließlich auch diesen Dingen auf den Grund zu gehen.

Er fing bei den Benjaminitern an. Er fand heraus, dass diese, nachdem König David aus dem Hause Juda die Dynastie von König Saul aus dem Hause Benjamin vom judäischen Thron gestoßen hatte, größtenteils ins heutige Griechenland emigriert waren. Wo sie teilweise mit den Einheimischen verschmolzen.

Dort hatten sie wohl auch Kontakt zu den Orphikern und später auch mit den keltischen Volksstämmen weiter im Norden. Da sie nun aber kein eigenes Siedlungsland besaßen, machten sie sich auf den Weg, solches zu finden.

Die keltischen Volksstämme im Norden waren wohl sehr liberal und ließen sie in ihr Gebiet einwandern. Mit der Zeit verbanden sich die beiden Kulturen und wurden zu den Sugambrer. Diese zogen weiter in den Westen, wo sie sich schließlich im Bereich der Ardennen, dem heutigen Lothringen, ansiedelten und sich mit den dort ansässigen Franken verbanden.

Schließlich, nach dem Fall des Römischen Reiches, zählten weite Teile des heutigen Deutschlands, Österreich, Schweiz und Frankreich zu ihren Einflussgebieten.

Ein neues riesiges Land war entstanden. Man nannte sie fortan nach dem Namen ihres ersten großen Königs Merowech, die Merowinger.

Und wo war nun die Verbindung mit Jesus von Nazareth? Als er sich diesem Thema zuwandte, wurde es noch schwieriger, an Informationen und Nachweisen zu kommen. Doch dank seiner Hartnäckigkeit fand er auch diese und noch einiges mehr.

Mittlerweile hatte er genug Holz beisammen und es war ihm trotz der Anstrengung kalt geworden. Er packte das gehackte Holz in die bereitstehende Schubkarre und brachte es zum Haus. Anschließend trug er es in den Wohnraum, wo neben dem Ofen eine Holzwanne stand, welche er sodann auffüllte. Als er fertig war, zog er sich seine Jacke aus und setzte sich, nicht ohne Ann mitzuteilen, dass er nun fertig sei, an den offenen Kamin, um sich ein wenig aufzuwärmen.

Er saß noch nicht lange, als es an der Tür klopfte. Ann, die gerade anderweitig beschäftigt war, raunte ihm zu. "Peter kannst du mal nachschauen wer es ist?"

„Bin schon unterwegs," entgegnete er etwas genervt. „Kann eigentlich nur Sean oder Duncan sein. Die wollten heute noch vorbeikommen, um uns neue Infos zu geben und die Vorräte aufzufrischen"

Er ging also zur Tür und linste, bevor er sie öffnete, zur Vorsicht noch durch den kleinen Spieker, um zu sehen wer es denn nun wirklich war.

Es war tatsächlich Sean.

Sean war einer der Begleiter von Duncan Sinclair, die sie vor den Padres ´gerettet hatten. Er war nicht sehr groß, ca. 1,75 m und hatte eine bullige Figur. Dazu kam ein Gesicht mit freundlichen Zügen, welche ihn sympathisch machten.

Er öffnete die Tür und begrüßte ihn herzlich und hoffte, dass er ein paar gute Nachrichten für sie hatte.

„Hallo Sean! Schön dich zu sehen." und zu Ann zugewandt rief er ins Haus. „Schatz, es ist Sean. Leg doch noch ein Gedeck auf, er wird sicher hungrig sein."

Wieder zu Sean gewandt, sagte er „Komm doch rein, wir hoffen, du hast gute Neuigkeiten! Du isst doch sicherlich mit uns?"

„Gerne." Antwortete Sean. „Was gibt es denn?" fragte er, nachdem er eingetreten war, in Richtung Ann.

„Ach, nichts Besonderes. Wir haben noch Stew von gestern Abend übrig. Aber es ist genug für uns drei. Ich hoffe das ist Ordnung für dich?" Fragte Ann.

Er entgegnete höflich „Natürlich ist das okay! Vor allem wenn es so schmeckt wie es duftet."

Sie setzten sich gemeinsam an den Tisch und aßen bedächtig das Stew.

Als sie fertig waren räumte Ann den Tisch ab. Sie fragte die beiden Männer, ob sie einen Tee haben wollten. Beide bejahten. Da das Wasser schon heiß war, brauchte sie diesen nur noch aufzugießen und war somit schnell wieder bei den Männern am Tisch.

Sean hatte sich währenddessen eine Pfeife gestopft und nachdem er die beiden gefragt hatte, ob er rauchen dürfe, angesteckt. Es duftete nun herrlich nach Tee und Vanille, welches die etwas angespannte Atmosphäre ein wenig linderte.

„So, nun aber mal heraus mit der Sprache." Begann Peter. „Was gibt es Neues? Sprich oder muss ich dir alles aus der Nase ziehen!"

Peter war sehr angespannt.

„Also…. nun…. Ich denke ich mach es kurz." Sagte Sean. „Es gibt noch nichts Neues. Ihr müsst euch noch ein paar Tage gedulden. Ich bin nur hier, um euch die Vorräte zu bringen. Vor allem Benzin für den Generator."

Er sah den beiden an, dass sie enttäuscht waren und noch ehe er fortfahren konnte, mach Peter sich auch dieser Enttäuschung Luft. „Ich dachte, ihr könntet uns schon etwas sagen und wir müssten nicht hier in dieser Einöde bleiben. Ich kann ja noch nicht mal an meinem Laptop arbeiten." Peter schlug die Augen nieder.

„Was erwartest du nach einem Tag. Sei lieber froh, dass euch die Typen, die euch verfolgt haben, nicht bekommen haben und wir rechtzeitig da waren und euch dann unbemerkt hierherbringen konnten! Es wird schon noch ein paar Tage dauern, bis wir wissen, wer die Kerle waren und was sie wollten. Oder .... hast du vielleicht eine Ahnung, was die wollten? Aber jetzt habt ihr wenigstens genügend Benzin und könnt den Generator anwerfen und somit kannst du auch mit deinem Laptop arbeiten. Ist doch auch was!"

Peter überlegte, ob er sagen sollte was er vermutete, entschloss sich aber noch zu schweigen. Er wollte zuerst wissen, wer seine neuen Freunde und Retter wirklich waren.

„Nein" sagte er stattdessen „ich weiß auch nicht was die wollten und wer sie waren" schuldbewusst.

„Na, dann musst du dich eben ein wenig gedulden, okay?" zischte Sean ihm zu.

"Komm, hilf mir die Vorräte zu verstauen" forderte er Peter auf. „Ich muss wieder zurück."

Sie gingen nun beide hinaus und Sean holte den Wagen, einen Pajero - Pick-up, den er einige Meter unterhalb des Cottage in einem kleinen Wäldchen sicherheitshalber abgestellt hatte und sie entluden ihn gemeinsam.

Es waren mehrere Kanister Benzin, ein Radio, Batterien und natürlich jede Menge Lebensmittel und Getränke dabei.

Als sie fertig waren, verabschiedete sich Sean und versprach, in ein paar Tagen wieder zu kommen und dann auch hoffentlich gute Nachrichten für sie zu haben.

Peter schaute Sean noch hinterher, bis er außer Sichtweite war. Dann ging er pfeifend und zufrieden ins Haus, wo Ann bereits sichtlich ungehalten auf ihn wartete.

„Sag mal, spinnst du eigentlich!" Schrie sie ihn verärgert an. „Warum hast du ihn angelogen. Sie haben schließlich unser Leben gerettet. Du kannst doch nicht......"

Er unterbrach sie mit einem sanften, beruhigenden Ton ihn der Stimme. „Schatz......Schatz. Wir wissen doch noch nicht einmal, ob sie die sind, wofür sie sich ausgeben. Ich habe da so meine Zweifel und wenn du ehrlich zu dir bist, du auch. Duncan sagte zwar, dass er bei Scotland Yard arbeitet, aber ist das wirklich so? Überleg doch mal!"

Er nahm Ann zärtlich in seine Arme und fuhr fort. „Es könnte auch ein Trick sein. Die sollen uns erst einmal beweisen, dass sie die Guten sind. Doch bis dahin sind wir hier sicher. Die werden, selbst wenn sie die Bösen sind, uns nichts tun. Die Bösen nämlich wollen unsere Daten haben, denn sie wissen nicht was wir an Beweisen haben und wo wir sie versteckt haben. Wir sollten lieber die Zeit nutzten, um alles, was wir bis jetzt in Erfahrung gebracht haben, zu sortieren und zu einem Ganzen schlüssigen und aussagekräftigen Dokument zusammenfassen. Wir haben ja jetzt genug Benzin für den Generator und können mit unseren Laptops arbeiten, okay? Sei nicht mehr sauer, bitte. Ich liebe dich doch. Ich möchte nicht das uns so kurz vor dem Ziel noch etwas passiert."

Er drückte sie noch fester an sich und küsste sie zärtlich. Sie erwiderte seinen Kuss und flüsterte liebevoll „Ich liebe dich auch, aber bist du sicher, dass es richtig war?"

Er nickte nur und sagte „Komm lass uns die Vorräte sichten und alles, was wir im Haus brauchen, hereinschaffen, okay."

Sie nickte zustimmend und gemeinsam machten sie sich an das Ordnen des Chaos im Schuppen.

Zur gleichen Zeit, ein paar Meilen vom Cottage entfernt, kam Sean bei einem Pup am Ancaster Square von Callander an. Dort wartete Duncan schon ungeduldig auf ihn.

Sean stellte seinen Pick-up am Rand des Platzes ab und ging eiligst in den Pup. Duncan saß am hintersten Tisch, sodass er den Eingang immer im Blickfeld hatte.

Es war nicht viel los, denn der große Touristen Ansturm würde erst wieder Mitte April einsetzen. Nur ein paar Einheimische saßen bei einem Pint Guinness zusammen und unterhielten sich lautstark.

Als Duncan Sean sah, winkte er ihn zu sich an den Tisch. Sobald dieser vor ihm stand, begann er ihn auszufragen.

„Hi Sean! Und? Wie geht es unseren Gästen? Haben sie sich schon eingelebt? Haben sie etwas erzählt? Ich muss wissen, ob sie etwas ahnen."

„Langsam!" antwortete Sean. "Zuerst brauch ich was zu trinken. Gegessen habe ich schon, und zwar ziemlich gut. Kochen können die beiden, das muss man neidlos anerkennen."

Er ging zum Tresen, bestellte zwei Guinness und setzte sich aufreizend langsam zu Duncan an den Tisch. Dann trank er zuerst einen großen Schluck vom Bier und stellte es zögerlich vor sich ab. Erst dann begann er zu berichten.

„Also ich glaube, dass sie etwas ahnen. Sie wollten wissen, ob sich schon etwas getan hat, was ja auch verständlich ist. Ich sagte ihnen, dass wir noch nichts Greifbares hätten und dass sie sich noch etwas gedulden sollen. Auf die Frage, ob sie etwas über die beiden dunklen Gestalten wissen würden, wollten sie nicht antworten. Wir entluden dann den Pick-up und ich machte mich auf den Weg zurück."

Nachdem er zum Ende gekommen war fügte er noch abschließend hinzu. „Ich glaube, er traut uns noch nicht. Sie schon, aber er nicht."

„Das würde ich auch nicht, er kennt uns doch eigentlich gar nicht." Gab Duncan zurück. „Wir wissen, dass wir die Guten sind. Aber wir können uns ihnen noch nicht offenbaren. Zumindest so lange nicht, bis wir wissen, was sie wissen und wo sie stehen."

„Ich glaube, sie stehen nirgendwo." meinte Sean. „Sie haben die ganzen Nachforschungen einzig und allein für sich gemacht und sind dabei, aus Versehen, zwischen die Fronten geraten. Ich glaube, sie waren ziemlich überrascht, als sie gemerkt haben, was sie damit für einen Staub aufwirbeln."

„Ich denke, du hast recht." Antwortete Duncan. „Wir sollten die Sache mit den beiden, vor den Rat bringen, damit sie aufgeklärt werden. Dann können sie selbst entscheiden, was sie tun und was nicht. Ich fahre noch heute nach Edinburgh und werde alles Notwendige in die Wege leiten. Ich hoffe nur, der Rat und mein Onkel sehen es genauso. Drück mir die Daumen, Sean. Thomas und Phillip sind im Bridgend House und warten auf dich. Passt mir gut auf die beiden auf. Ich komme so bald wie möglich wieder."

Mit diesen Worten stand Duncan auf und verlies eiligst den Pup.

Sean bezahlte daraufhin die Zeche, trank sein Bier aus und machte sich auf den Weg zu Thomas und Phillip, um auch diese noch zu informieren.

Nachdem Sean gegangen war und sie alles aufgeräumt hatten, beschlossen Peter und Ann früh zu Bett zu gehen, um dann am nächsten Morgen frisch und ausgeruht zu sein. Sie hatten sich außerdem vorgenommen, die Zeit, die sie nun hatten, zu nutzen, um das Material, das sie in den letzten Monaten gesammelt hatten, nochmals zu sichten und zu überarbeiten.

Sie wussten, sie waren einer großen, einer sehr großen Sache auf der Spur, und von der sie meinten, dass alle Menschen daran teilhaben sollten. Genau deshalb war es notwendig, alles so detailliert und übersichtlich wie möglich zu gestalten. Es sollte dabei aber trotzdem einfach zu verstehen sein.

Diesen sehr schwierigen Spagat wollten sie schaffen und die Ruhe, die sie nun hatten, kam ihnen dabei sehr zustatten.

Sie waren früh aufgestanden und Peter hatte den Generator angeworfen. Nach einem kurzen Frühstück hatten sie die Laptops ausgepackt und besprochen, wie sie vorgehen wollten. Vor allem aber wollten sie ihre neusten Informationen einfügen und dabei auch die Ereignisse der letzten Tage nicht außer Acht lassen.

Peter und Ann hatten gerade angefangen, als ihn wieder die Erinnerungen übermannten. Er fing an, wie in Trance Ann die Bilder zu erklären und Ann tippte diese wie wild in den Computer.

Bei seinen Nachforschungen stieß er immer wieder auf den Namen von Josef von Arimathia. Sodass er sich nun zuerst auf diesen konzentrierte. Dieser Josef von Arimathia war angeblich ein Onkel von Jesus von Nazareth und zugleich ein wohlhabender und einflussreicher Kaufmann. Was darauf hindeutete, dass Jesus keineswegs aus einer armen Zimmermanns Familie stammte, sondern aus einem wohlhabenden Haus und höchst wahrscheinlich dem von König David. Er genoss sicherlich eine gute Erziehung und machte wohl auch, wie auch schon sein Vater Josef bei den Essenern eine Ausbildung zum Rabbi.

In jungen Jahren muss er auch mit seinem Onkel Josef von Arimaträa einige Reisen unternommen haben. Er kam verschiedenen Schriftstücken zufolge, die Peter unter anderem in der Bibliothek des Vatikans gefunden hatte, nach Indien, Südfrankreich und England.

Diesen Schriften zufolge lernte er in Indien die Lehre des Buddhismus kennen und in Südfrankreich kam er zum ersten Mal mit den Kelten in Kontakt. Von den Druiden Englands in einer der römischen Provinz Britanniens, erlernte er die Philosophie, die Heilkunst und verschiedene andere Fertigkeiten der Kelten.

Nach seiner Rückkehr beendete er schließlich seine Ausbildung zum Rabbi.

Da er von königlichem Geblüt abstammte, machte er nun auch seinen Anspruch auf den jüdischen Thron geltend.

Um diesen noch zu untermauern, heiratet er Maria-Magdalena aus Bethanien, welche aus dem Hause Benjamin stammte und vom Stand her ebenso edel war wie er selbst.

Maria-Magdalena gehörte einer der wenigen Familien dieses Stammes an, die nach König Sauls Sturz Judäa nicht verlassen hatten.

Doch Jesus wusste auch, dass er, um diesen Anspruch durchsetzen zu können, die Loyalität des Volkes brauchte.

Er verband die alten Lehren seines Volkes mit denen des Buddhismus und den keltischen Philosophien zu etwas Neuem und begann, diese neue Lehre zu predigen.

Durch diese und seinen angeblichen Wunderheilungen, die er nur deshalb tun konnte, weil er das Wissen von drei Kulturen vereint hatte, konnte er sein Volk schnell für sich gewinnen.

Dadurch wurde er aber auch für die Römer, die zu dieser Zeit die Vorherrschaft in Judäa hatten, unbequem.

Deshalb und unter anderem sollte er auch gekreuzigt werden. Doch Jesus starb nicht am Kreuz! Vielmehr gelang ihm die Flucht.

Mit seiner Familie und einigen seiner treusten Anhänger floh er auf einem Schiff seines Onkels Josef in den Süden Galliens. Denn dort gab es bereits eine ansehnliche

Gemeinde der Juden. Diese waren von den Römern, wie diese es mit allen von ihnen unterjochten Völkern taten, unter anderem auch als Sklaven dorthin verbracht worden.

Josef von Arimathia selbst kam, nachdem er Jahre später aus der Kerkerhaft entlassen wurde, seinerseits nach Südfrankreich. In diese war er gelangt, weil er des Leichenraubes verurteilt worden war.

Dort fand er Jesus und seine Familie wohlauf in der Gemeinschaft seines Volkes. Diese waren mittlerweile auch Verbindungen mit dem ansässigen Volksstamm der Kelten eingegangen.

Auch Jesus und Maria Magdalena hatten wohl mit den einheimischen Stammesfürsten Verbindungen für ihre Kinder angebahnt.

Nur so kann die spätere Blutlinie auch schlüssig erklärt werden.

Jesus selbst hatte nicht aufgehört, seine Lehren zu verbreiten und stieß bei den ansässigen Kelten auf offene Ohren.

Josef hingegen blieb nicht lange dort. Nachdem er sich vergewissert hatte, dass es seinem König und dessen Familie gut ging, machte er sich in Begleitung einiger anderen Anhänger Jesu auf zu seinen Freunden nach Britannien und gründete dort bei Glastonbury die erste christliche Gemeinde des heutigen Englands.

Jesus aber ging zurück in den Nahen Osten, denn er wollte jetzt mehr als zuvor die Vorherrschaft der Römer über die damals bekannte Welt brechen.

Er begab sich nach Alexandria, dem Zentrum der Gelehrten in der damaligen Zeit, wo er unter dem Namen Ormus seine Lehren weitergab und noch erweiterte.

Er schuf zu jener Zeit das Rosenkreuz und war der Urheber der gnostischen Lehren.

„Peter, möchtest du auch einen Kaffee?" Mit dieser Frage holte Ann ihn wieder aus seinen Gedanken.

„Ja, gerne." antwortete er ihr. Den konnte er jetzt gut gebrauchen. Er schaute auf die Uhr und erschrak.

„Was? Schon wieder 11.00 Uhr! Mein Gott, wie die Zeit vergeht. Hast du alles aufgeschrieben?"

„Ja, sofort. Ich mache nur schnell den Kaffee fertig, dann können wir noch mal drüber gehen."

„Aber sicher doch, Schatz! Oh, danke für den Kaffee. Das tut gut." Mit diesen Worten machten sie sich daran, den Aufschrieb von Ann durchzusehen und ihn in die restlichen Unterlagen einzufügen.

Als sie fertig waren, blickte er auf, nickte ihr zu und fragte sie.

„Hast du Lust auf einen kleinen Spaziergang? Etwas frische Luft würde uns sicherlich guttun, meinst du nicht auch?"

„Das ist eine gute Idee. Lass uns zum See hinunter gehen und ein wenig angeln. Vielleicht können wir ja ein paar Fische fürs Abendessen fangen." erwiderte sie.

„Gute Idee." meinte er. „Ich hole die Angeln aus dem Schuppen und du sicherst derweil das Haus und schließ die Türe ab."

Er zog sich die Jacke und die Schuhe an und ging zum Schuppen, um die Angeln, die er bei den Einräumaktionen des Vortages dort gefunden hatte, zu holen. Als er wieder herauskam, hatte er zusätzlich noch einen Eimer dabei. „Um die Fische reinzutun!" rief er ihr fröhlich zu.

Sie war gerade dabei die Haustür zu schließen und er mache das Vorhängeschloss vor die Schuppentür. Dann nahm er sie lachend bei der Hand und sie schlenderten gemeinsam Arm in Arm in Richtung Loch Cathrine los.

Es war nur ein kurzer Weg, für den sie ungefähr 15 Minuten benötigten. Sie schlenderten still geradewegs über die moosigen Wiesen, auf denen vereinzelt, aber auch in kleinen Gruppen, einige schottische Pinien und auch andere Bäume und Büsche standen.

Sie hatten etwa die Hälfte der Strecke zurückgelegt, als Ann mit einem etwas ängstlichen Blick fragte „Peter, was meinst du? Warum haben uns Duncan und Sean geholfen? Was wollen die von uns? Das war doch nicht aus reiner Nächstenliebe, oder?"

„Nein, sicherlich nicht!" flüsterte Peter ihr ins Ohr und nahm sie noch fester in den Arm. „Aber wenn sie etwas Schlimmes vorhätten, wären wir sicherlich nicht hier. Ich denke sie gehören zu den Guten."

„Bist du sicher?" fragte Ann.

„Ja, ziemlich sicher." antwortete Peter.

Den Rest des Weges gingen sie nun, abermals schweigend und eng umschlungen, zumindest so eng wie es Angeln und Eimer zuließen, hinunter zum See.

Währenddessen genossen sie die Landschaft und die frische Luft in diesem Teil von Schottland. Als sie am Ufer des Sees angekommen waren, stichelte Peter. „Mal sehen wer den ersten Fisch an der Angel hat. Was meinst du?"

„Ich natürlich, wir Frauen haben für so was eh das bessere Händchen und vor allen mehr Geduld!" frotzelte sie zurück.

„Wir werden ja sehen.......Wir werden ja sehen." raunzte er ihr mit gespielter Ärgerlichkeit und einem Augenzwinkern zu.

Dann warfen sie die Angel aus und es dauerte auch nicht lange, bis beide nahezu gleichzeitig einen Fisch gefangen hatten.

Das ruhig stehende Wasser und die Stille, die nur durch das gelegentliche Pfeifen und Piepsen der ersten zurückgekommenen Zugvögel, die das Nahen des Frühlings ankündigten, durchbrochen wurde, tat ihnen mehr als gut und die Anspannung viel etwas von ihnen ab.

Sie warfen die Angel nochmals aus und fingen jeder noch einen Fisch. Danach beschlossen sie, dass es genug war. Es waren schließlich vier Prachtexemplare, die sie gefangen hatten.

Also machten sie sich mit den Fischen im Gepäck sichtlich gelöster, wieder auf den Weg zurück zum Cottage.

Der Rückweg dauerte ein wenig länger als der Hinweg, da sie leicht bergan gehen mussten. Aber sie brachten ihn fröhlich und schweigend hinter sich. Als sie nun am Cottage ankamen, verstaute Peter die Angeln im Schuppen und Ann machte sich an die Zubereitung der Fische.

Nach dem Essen kuschelten sie sich mit einer Tasse Tee und eingewickelt in eine Decke auf das Sofa im Arbeitsraum, wie sie den Nebenraum getauft hatten.

Nach einer Weile der Stille fragte Ann mit einem nachdenklichen, fast ängstlichen Unterton in der Stimme „Peter, bist du sicher, dass das alles richtig ist, was wir tun? Die letzten Jahre waren sehr aufregend und spannend für mich. Es war unglaublich interessant, was wir alles entdeckt und herausgefunden haben. Aber seit letztem Frühjahr in Glastonbury hat sich einiges verändert. Und so langsam bin ich mir nicht mehr so sicher, wo das alles noch hinführt und ob ich das alles überhaupt noch will. Ich bekomme so langsam ein mulmiges Gefühl. Meinst du nicht, wir sollten es auf sich beruhen lassen?"

„Dazu ist es bereits zu spät, glaube ich." antwortete Peter und fuhr fort. „Ich glaube es war schon zu spät als wir uns vor vier Jahren in Rennes le Château trafen. Weißt du noch, du suchtest damals nach Beweisen dafür, dass Maria Magdalena in Südfrankreich lebte, und ich war auf den Spuren von Josef von Arimathia. Was wir beiden dort und an anderen Orten in Frankreich fanden und erlebten, hat uns zusammen und letztendlich erst hierhergebracht. Ich vermute, dass wir schon damals zwischen die Fronten geraden waren. Erinnere dich doch nur an die seltsamen Gestalten, die uns in Paris und Metz über den Weg gelaufen sind. Weißt du noch?

Wir versuchten dort Zusammenhänge zwischen den Merowingern, den Templern und der Prieurè de Sion zu finden und wie diese zur römisch-katholischen Kirche standen. Egal wo wir hinkamen, ob Nancy, Stenay, die Abbaye d`Orval, Bouillon oder Gisors wir standen immer unter Beobachtung. Ständig verschwanden Dokumente auf unerklärliche Weise. Weißt du noch?"

Er nahm sie noch fester in den Arm und küsste sie zärtlich auf die Stirn und schob ihr sanft eine Strähne ihres Haares aus dem Gesicht, als sie mit einem seufzen erwiderte „Ja, ja ich weiß."

„Nein!" begann Peter von Neuem. „Glaube mir, wir sind wirklich kurz davor eines der größten Geheimnisse des Abendlandes zu lüften. Ich werde jetzt nicht aufgeben und du solltest es auch nicht. Sicherer als im Augenblick, waren wir in den letzten vier Jahren nicht. Lass uns noch ein paar Tage warten und die herrliche Ruhe in dieser wunderschönen Landschaft genießen. Wir sollten hier Kraft tanken. Wer weiß, wann wir das nächste Mal dazu kommen werden. Okay?"

„Du hast ja recht, Peter. Die letzten Tage waren einfach ein wenig zu viel für mich. Ich glaube die Ruhe hier wird uns wirklich guttun.", entgegnete Ann sanft.

„Weißt du was? Ich liebe dich, Schatz." Mit diesen Worten nahm sie ihn in den Arm und küsste ihn zärtlich.

Als er wieder bei Atem war antwortete er leise. „Ich dich auch. Ich glaube wir sollten zu Bett gehen, meinst du nicht auch."

Er nahm dabei ihre Hand und zog sie sachte und mit einem vielsagenden Lächeln aus dem Arbeitsraum, die Leiter hoch auf den Schlafboden und sie ließ es nur zu gerne geschehen.

Kapitel 3

Es war schon spät, als Duncan in Edinburgh ankam. Deshalb beschloss er, zuerst nach Hause zu fahren.

Er bewohnte eine kleine Wohnung in New Town. Die, wenn auch wie gesagt klein, doch sehr geschmackvoll eingerichtet war. Es zog sich vom Flur angefangen der gleiche altenglische Stil mit Möbeln teilweise im Shabbi-chic.

Zu Hause angekommen ließ er sich nur noch in sein Bett fallen und beschloss zeitig aufzustehen. Deshalb rang er sich auch noch dazu durch den Wecker zu stellen, bevor er erschöpft einschlief.

Das schrille Schreien des Weckers ließ ihn am nächsten Morgen regelrecht aus dem Bett fahren. Er brauchte eine Weile, um klar zu werden. Als er einigermaßen wach war, trottete er ins Bad, um sich frisch zu machen. Dabei stellte fest, dass er sich am Vorabend noch nicht einmal die Mühe gemacht hatte sich auszuziehen.

Mit einem kleinen Umweg über die Küche, um Kaffee zu kochen, ging er zurück ins Schlafzimmer und wechselte seine Kleidung. Danach holte er sich eine Tasse Kaffee und begab sich ins Wohnzimmer.

Dort angekommen ließ er sich ins Sofa sinken und überlegte, was er nun zuerst tun sollte. Er schlürfte genüsslich seinen Kaffee und beschloss zuallererst seinen Onkel anzurufen.

„Hallo Onkel William. Duncan hier.", begrüßte er ihn, als er ihn endlich in der Leitung hatte. „Ich muss dich unbedingt treffen. Es geht um die beiden Deutschen. Du weißt schon. Es ist wirklich wichtig!"

„Das wird schwierig. Ich habe viele Termine in den nächsten Tagen. Aber ich werde sehen was sich machen lässt.", antwortete dieser ihm.

„Bitte, du solltest dir die Zeit nehmen. Mir ist nämlich eingefallen, was das für Typen waren, die hinter Ihnen her waren. Ich denke, du weißt es auch schon, oder? Wir sollten uns noch vor der nächsten Zusammenkunft sehen. Und die ist schon bald. Ich glaube, die beiden sollten wissen, welche schlafenden Hunde Sie auf sich aufmerksam gemacht haben.", redete er beschwörend auf seinen Onkel ein.

„Ich glaube du hast recht. Ich melde mich im Laufe des Tages bei dir auf dem Mobile-Phone, okay? Bis dann, ich muss jetzt zu meinem Termin.",

damit beendete dieser das Gespräch und legte auf.

Duncan war über den Verlauf des Gespräches sichtlich erleichtert. Er trank seinen Kaffee aus und beschloss zum Frühstück in eines der vielen Pubs am Grassmarket zu gehen.

Es war ein schöner Morgen mit Sonnenschein, was um diese Jahreszeit eher eine Seltenheit war. Deshalb entschloss er sich zu Fuß zu gehen. Er warf sich seinen Mantel, es war ein schwarzer Kurzmantel aus Kamelhaar über und machte sich auf den Weg.

Die klare kühle Luft prickelte erfrischend ihn seinem Gesicht und weckte die Lebensgeister in ihm und die Sonne tat ein Übriges. Er spürte, wie sich der Hunger in ihm regte und beschleunigte seinen Schritt auf dem Weg die Dublin Street hinunter. Er überquerte die Princes Street und ging am Scott Monument vorbei in Richtung Market Street weiter.

Er hatte die ganze Zeit über das Gefühl von jemandem verfolgt zu werden. Als er in die Market Street einbog, riskiert er einen kurzen Blick zurück und erkannte die Männer von vor zwei Tagen. Sie hatten noch immer ihre dunklen, Uniform ähnlichen, Sachen an und erinnerten ihn ein wenig an Priester der katholischen Kirche.

Er wusste aber nur zu genau, dass sie keine Priester sein konnten. Denn sie hatten ihre liebe Not, Peter und Ann vor diesen beiden in Sicherheit zu bringen.

Er wusste, dass er die beiden nicht allein abschütteln konnte, deshalb musste er versuchen, Hilfe zu bekommen.

Er ging also weiter in Richtung Grassmarket holte sein Telefon aus der Tasche und versuchte verschiedene Nummern von Freunden zu erreichen. Er war in der

Zwischenzeit an der High Street angekommen, als er endlich jemanden erreichte.

„Hi Allister, Duncan hier. Ich brauche deine Hilfe. Ich werde verfolgt. Trommle ein paar Leute zusammen und komme mit ihnen ins White Heart. Ich habe vor, dort zu frühstücken und werde dort auch auf euch warten. Seit vorsichtig die Typen sind Profis. Sie sehen aus wie Priester und sind höchst wahrscheinlich sogar welche. Aber welche von der speziellen Sorte du verstehst? Schnappt sie euch und bringt sie in die Komturei und lasst sie dort verhören. Okay, dann bis später und nimm dir nicht allzu viel Zeit."

Unterdessen war er schon am Grassmarket angekommen. Er steuerte direkt auf das White Heart zu und ging hinein.

Einer Gewohnheit zur Folge setzte er sich an den hintersten Tisch, um den Raum überblicken zu können. Er sah wie die beiden „Priester", kurz darauf, auch hereinkamen und am anderen Ende, gleich neben dem Eingang, Platz nahmen.

Die beiden taten so, als seien sie in ein Gespräch vertieft, doch ließen sie ihn nicht aus den Augen. Der Wirt, den er sehr gut kannte, kam zu ihm an den Tisch und brachte ihm ganz wieder seiner Gewohnheit eine Karte. Er ging dann zurück zum Tresen und holte eine Weitere für die beiden „Priester". Duncan öffnete die Karte und hätte am liebsten lauthals losgelacht, als er lass, was in der Karte stand:

Keine Sorge, ich bin informiert. Allister wird gleich hier sein. Gestört werden können wir auch nicht, denn wir haben geschlossen. Die beiden Sonnenscheinchen werden gleich tief und fest schlafen.

Er winkte den Wirt wieder zu sich und bestellte sein Frühstück. Kurze Zeit später bestellten auch seine Verfolger.

Das Frühstück kam und er begann genüsslich zu essen, denn er wusste, dass er nun nichts mehr zu befürchten hatte und für die beiden Vögel war ja schließlich ausreichend gesorgt.

Auch die bekamen nun ihr Frühstück. Doch kaum hatten sie angefangen, da sanken sie in sich zusammen und schliefen tief und fest.

Jetzt ließ er seiner Erleichterung freien Lauf und begann beinahe hysterisch loszulachen. Als er sich wieder etwas beruhigt hatte, sagte er an den Wirt gewandt. „Danke für deine Hilfe John. Danke."

„Keine Ursache Duncan. Habe ich gern gemacht. Allister hat mich informiert, kurz bevor du hereinkamst. Und da ich für den Fall der Fälle immer ein paar „Beruhigungsmittel" im Hause habe" er zwinkerte dabei mit dem linken Auge „war das auch kein Problem!", antwortete John.

Erleichtert darüber machten sie sich daran die beiden Herren zu verschnüren.

Als sie gerade dabei waren sie in Johns Lager zu verfrachten, kam Allister mit ein paar weitern Männern zur Türe herein. Er sah wie Duncan und John sich abmühten und grinste bis über beide Ohren.

„Hi Duncan, Hi John. Der Abholdienst ist da. Wie ich sehe, hat alles wunderbar funktioniert. Jungs schnappt sie euch und dann weg mit ihnen.", gab er seinen Leuten an.

„Hi Allister. Danke für die schnelle Hilfe. Holt aus Ihnen raus, was Sie wollten und wer Sie sind. Aber tut ihnen nicht allzu sehr weh. Denn eigentlich weiß ich es schon. Es ist nur um sicherzugehen. Kontaktiere mich anschließend wieder und dann entscheiden wir, was wir mit Ihnen machen.", antwortete Duncan.

„Okay wird erledigt. Bis dann.", erwiderte Allister und verschwand, mit den beiden finsteren Gestalten im Gepäck, so schnell wie er gekommen war.

Duncan machte sich nun daran sein Frühstück zu beenden. Als er fertig war kam John mit einem Whiskey zu ihm an den Tisch und meinte. „Ziemlich viel Aufregung in der letzten Zeit, was? Hier ein kleiner Schluck zur Beruhigung!"

„Danke, den kann ich jetzt gebrauchen" antwortete Duncan. „Ja mächtig viel Aufregung. Für meinen Geschmack etwas zu viel."

In diesem Moment klingelte das Telefon von Duncan. Er fischte es aus seiner Jackentasche und meldete sich.

"Sinclair hier. Oh, Onkel William. – Ich bin im White Heart. – Okay, also dann bis in 15 Minuten, bye."

„Hey, John. Ich brauche das Hinterzimmer. Kannst du es bis in 15 Minuten herrichten? Du weißt schon, geht das?", fragte er in Richtung des Wirtes.

„Aber klar doch. Für dich immer.", antwortete dieser.

„Danke!", meinte Duncan danach nur kurz und fiel dann in Gedanken.

Einige Minuten später fragte er den Wirt des White Heart. „John, du hast doch eine Überwachungskamera über dem Tresen, oder?"

„Ja, warum?", antwortete dieser.

„War sie vorher scharf?", fragte Duncan.

„Ja sicher, Duncan.", entgegnete ihm John etwas irritiert.

„Worauf speicherst du die Aufzeichnungen?", kam daraufhin eine weitere Frage.

„Auf einem DVD-Rekorder, wieso?", wollte John, immer noch nicht wissend, worauf Duncan hinauswollte, wissen.

„Kannst du einen Ausdruck von den beiden Priestern machen?", stellte Duncan nun eine dritte Frage.

„Klar, sicher, mach ich sofort. Muss wichtig sein, oder?", entgegnete ihm daraufhin der Wirt, mit einem sorgenvollen Unterton in der Stimme.

„Ja, ist wichtig, sogar sehr wichtig, aber frag nicht weiter nach. Du weißt doch je weniger …"

John verschwand, ohne ein weiteres Wort, in sein Büro. Er hatte kaum die Wirtsstube verlassen, als Duncans Onkel zur Tür hereinkam.

„Hi, Onkel William.", begrüßte Duncan seinen Onkel erfreut, um gleich darauf wieder ernster fortzufahren. „Lass uns gleich ins Hinterzimmer gehen. Es ist alles vorbereitet."

Er ging voraus, ohne auf eine Antwort von jenem zu warten. Duncans Onkel nickte nur und folgte ihm genauso still und mit besorgter Mine.

Sie waren kaum im Hinterzimmer verschwunden als auch schon John mit Tee und den Ausdrucken von den Bildern der Überwachungskamera hereinkam. Er stellte den Tee auf den Tisch, an dem die beiden Sinclairs zwischenzeitlich Platz genommen hatten, übergab die Bilder Duncan und verließ, daraufhin, wortlos das Zimmer.

Er ging voraus, ohne auf eine Antwort von jenem zu warten. Duncans Onkel nickte nur und folgte ihm genauso still und mit besorgter Mine.

Sie waren kaum im Hinterzimmer verschwunden, als auch schon John mit Tee und den Ausdrucken von den Bildern der Überwachungskamera hereinkam. Er stellte den Tee auf den Tisch, an dem die beiden Sinclairs zwischenzeitlich Platz genommen hatten, übergab die Bilder Duncan und verließ daraufhin wortlos das Zimmer.

Er ging voraus, ohne auf eine Antwort von jenem zu warten. Duncans Onkel nickte nur und folgte ihm genauso still und mit besorgter Mine.

Sie waren kaum im Hinterzimmer verschwunden, als auch schon John mit Tee und den Ausdrucken von den Bildern der Überwachungskamera hereinkam. Er stellte den Tee auf den Tisch, an dem die beiden Sinclairs zwischenzeitlich Platz genommen hatten, übergab die Bilder Duncan und verließ daraufhin wortlos das Zimmer.

„Weißt du, was das für Leute sind, Onkel William?", eröffnete Duncan das Gespräch, nachdem der Wirt das Zimmer verlassen hatte, und legte ihm die Bilder von seinen Verfolgern hin. Dieser nahm sie an sich und betrachtete sie eingehend. Nach einer ganzen Weile legte er sie vor sich ab und begann seinerseits, mit ernster Miene, zu sprechen.

„Ja, ich denke ich weiß was das für Leute sind. Sind das die beiden die unsere Gäste bedrängt haben? Woher hast du diese Aufnahmen Duncan?"

„Ja.", Duncan musterte seinen Onkel eindringlich. „Das sind die Männer die Peter und Ann bedrängt haben und die Bilder hat die Überwachungskamera von John vor etwa 20 Minuten gemacht!", antwortet Duncan etwas erregt. „Aber nun kläre mich endlich über deine Vermutung auf. Ich muss wissen, ob sie sich mit der meinen deckt, Onkel William.

Dieser hatte seinen Kopf nachdenklich auf seine Hand gestützt, er zog nochmals tief den Atem ein und begann nun seinerseits leise, fast flüsternd, weiterzusprechen.

„Die beiden, ich meine Peter und Ann, müssen eine Menge Staub aufgewirbelt haben, wenn der Vatikan zwei Agenten auf sie ansetzt. Was hast du mit den zwei Burschen angestellt? Ich hoffe sie leben noch?", fragte er sehr bestimmt.

Duncan antwortete ebenso bestimmt. „Ja, Onkel, sie leben noch. Sie schlafen nur ein wenig. Allister und ein paar seiner Jungs bringen sie gerade in die Komturei, um sie zu verhören. Ich wollte zuerst mit dir über sie und unsere anderen Gäste am Loch Katrine sprechen, um dann mit dir zusammen zu entscheiden, was zu tun ist.“

„Was die beiden Agenten angeht meine ich, können wir uns die Mühe eines Verhöres sparen. Aus denen werden wir eh nichts rauskriegen. Ich schlage vor wir verfrachten sie dahin zurück, wo sie hergekommen sind. Was dagegen unsere Gäste, am Loch Katrine, angeht wollte ich dich fragen was du vorschlägst, Duncan.“, entgegnete ihm sein Onkel.

„Okay, ich denke, es wäre sinnvoll, die beiden vor den Rat zu bringen und anzuhören, was sie hier überhaupt zu finden hofften. Denn wenn die zwei Vögel wirklich Agenten des Vatikans sind, wovon ich ausgehe, ist es unsere Pflicht, das herauszufinden.“, meinte Duncan.

Es herrschte ein paar Minuten schweigen zwischen den beiden, in welchen sein Onkel angestrengt nachzudenken schien. Dann kam wieder Bewegung in Sir Williams Gesicht. Er blickte Duncan fest in die Augen und teilte ihm seine Entscheidung mit.

„Also Duncan, ich habe mich entschlossen, den Rat einzuberufen. Bringe unsere Gäste in drei Tagen, also am Montag, bei Abenddämmerung nach Stirling Castle. Dort sollen sie vor dem Rat sprechen. Alles Weitere entscheiden wir danach. Aber vorher kümmerst du dich um die beiden Agenten. Wir sehen uns dann am Montag." Mit diesen Worten stand Sir William auf und verließ das Hinterzimmer des White Heart und Duncan rief ihm noch ein „Danke Onkel" hinterher.

Als dieser das Pup verlassen hatte, beglich er die Rechnung bei John und verabschiedete sich herzlich von ihm. Anschließend machte er sich seinerseits eiligst auf den Weg, denn es war noch einiges zu tun.

Als er zu Hause ankam, rief er zuallererst bei Allister an und gab ihm Anweisungen, wie er mit den Vatikanagenten umzugehen hatte.

Sie sollten in einem schönen, schalldichtem, aber komfortablen Container nach Rom verschickt werden. Er wusste, dass er sich auf Allister verlassen konnte und wie kreativ dieser werden konnte. Dann telefonierte er mit Sean und gab diesem einen kurzen Abriss von dem, was inzwischen alles geschehen war. Er raffte die notwendigsten Dinge zusammen und machte sich auf den Weg zurück zum Loch Katrine.

Duncan kam am späten Nachmittag am Bridgend House in Callander an. Er war völlig fertig und nahm sich vorerst einmal ein paar Stunden auszuruhen. Die Ereignisse der letzten Tage waren auch an ihm nicht spurlos vorüber gegangen und er hatte das Gefühl, dass ihm sein Onkel nicht alles erzählt hatte, was er wusste. Was ihn zusätzlich noch mehr belastete.

Sean, Phillip und Thomas hingegen erwarteten ihn schon voller Tatendrang. Kaum das er auf den Parkplatz des Hotels gefahren war und die Tür seines Wagens geöffnet hatte, bestürmten sie ihn mit Fragen.

„Moment, Moment. Dürfte ich zuerst einmal meine Sachen auf mein Zimmer bringen? Danach würde ich gerne etwas essen und dann eine Mütze voll Schlaf nehmen!", blaffte er ihnen genervt entgegen.

„Aber, aber......", stotterte Sean völlig perplex ob der heftigen Reaktion von Duncan.

„Nichts aber! Schleicht euch, ich bin total fertig. Die letzten Tage waren anstrengend und ich brauche jetzt etwas Ruhe. Wir treffen uns morgen früh um acht zum Frühstück. Bis dahin habt ihr euch noch zu gedulden. So und jetzt lasst mich noch ein paar Stunden in Ruhe. Gute Nacht."

Mit diesen Worten ließ er die Drei einfach stehen und brachte seine Sachen auf sein Zimmer. Anschließend ließ er sich im Hotelrestaurant ein schönes Steak schmecken und begab sich dann zu Bett.

Als der Wecker am nächsten Morgen klingelte, fühlte sich Duncan erholt und ausgeschlafen. Er machte sich auf ins Badezimmer und drehte die Dusche auf. Danach rasierte er sich gemächlich und zog frische Klamotten an.

Zufrieden und ausgeruht ging er hinunter in den Frühstücksraum, wo Sean, Phillip und Thomas bereits ungeduldig auf ihn warteten.

Nachdem er sich sein Frühstück vom Buffet geholt hatte, setzte er sich zu ihnen an den Tisch. Anschließend ließ er es sich in aller Seelenruhe schmecken und holte sich noch einen Tee nach. Erst dann begann er ausführlich über die Ereignisse der letzten beiden Tage zu berichten.

Danach berichtete Sean über die Lage hier in Callander. Als dieser dann seinen Bericht beendete hatte, hatte Duncan seinen Tee getrunken und sie verließen zusammen den Raum.

Sie gingen hinaus auf die Terrasse und setzten sich an einen der rustikalen Tische, die sich dort befanden.

Es war ein für schottische Verhältnisse herrlicher Morgen Anfang März. Die Sonne schien und es hatte in der letzten Nacht keinen Frost gegeben. Als sich alle gesetzt hatten, begann Sean erneut das Gespräch.

„So, da wären wir. Was gedenkst du nun zu tun, Duncan?", richtete er seine Frage an ihn.

„Nun," antwortete Duncan „Ich werde mit Thomas hinauf zu den beiden fahren und mit ihnen sowohl über die Ereignisse in Edinburgh als auch über das was sie auf Stirling Castle erwarten wird reden. Du und Phillip werdet hier alles zur Abreise bereit machen und in Stirling ein Hotel oder noch besser eine Pension für uns, am besten bei einem unserer Leute, buchen. Wir sehen uns dann heute Abend. Also los an die Arbeit die Zeit drängt.

Peter und Ann waren gerade mit dem Frühstück fertig als sie hörten wie ein Fahrzeug auf den Hof des Cottage fuhr. Peter ging schnell zum Fenster, zerrte den Vorhang, um besser sehen zu können, ein Stück zur Seite und spähte hinaus. Dann rief er Ann erleichtert zu: „Es ist Duncan! Aber den anderen ....", dann brach er mitten im Satz ab.

„Was ist denn?", fragte Ann etwas verunsichert. „Was hast du? Wenn es Duncan ist, ist doch alles in Ordnung, oder?"

„Das wirst du gleich selbst sehen. Ich glaube Duncan hat uns einiges zu erklären: Halt dich gut fest, mein Engel.", kam von Peter zurück.

Peter wirkte auf Ann in diesem Moment sehr überrascht und gleichzeitig aber auch ärgerlich, doch sie konnte sich nicht so recht vorstellen warum das so war. Bis Peter die Türe öffnete, um Duncan und seinen Begleiter einzulassen.

Zuerst sah sie Duncan und dann…. Es war einer von denen, die sie letztes Jahr in Glastonbury, Exeter, Portchester, Salisbury, Avebury und London permanent beobachtete hatten. Einer von den anderen, die sie außer den beiden Priestern, vor denen sie Duncan gerettet hatte, seit nunmehr über vier Jahren an den Fersen kleben hatten. Jetzt wusste sie, warum Peter so reagiert hatte. Ja, Duncan hatte wirklich einiges aufzuklären.

„Hi, Ann! Hi, Peter!", hörte sie Duncans Stimme wie von Fern.

„Hi, Duncan!", antwortete Peter etwas reserviert.

„Es gibt gute Neuigkeiten.", begann Duncan von Neuem. „Aber zuerst möchte ich euch meinen Begleiter vorstellen. Peter, Ann - das ist Thomas. Er ist einer unserer besten Leute. Er, Sean und Phillip, die ihr ja schon kennt, haben auf euch die letzten Tage achtgegeben, während ich in Edinburgh war."

„Du warst in Edinburgh?", fragte Peter erstaunt „Warum hast du uns nichts davon gesagt? Ich glaube wir haben einigen Klärungsbedarf, Duncan. Auch was ihn angeht."

Peter deutete wie beiläufig auf Thomas. „Denn mit ihm hatten wir bereits das Vergnügen!"

Thomas wurde augenblicklich schlohweiß und senkte betroffen die Augen.

„Wie?........Was? ..... Stimmt das Thomas? Kennst du die beiden? Los, sag schon! Spuckt`s aus! Auf der Stelle!", stotterte Duncan zu Thomas hingewandt. Seine Blicke wanderten aufgeregt zwischen Peter, Thomas und Ann hin und her. Dann murmelte er für die anderen schwer verständlich: „Ich wusste doch das Onkel Willi mir nicht alles gesagt hat. Aber warum nur? Ich weiß es nicht, aber ich werde es ja jetzt herauskriegen.", vor sich hin.

Als er sich wieder etwas gefasst hatte wandte er sich wieder Peter zu und begann erneut das Gespräch.

„Das wusste ich nicht Peter! Das solltest du mir glauben! Du hast recht wir müssen noch einiges klären, bis heute Abend und wir sollten dabei ehrlich zueinander sein."

„Was heißt das nun schon wieder? Bis heute Abend?", warf Peter nun seinerseits überrascht ein.

„Das erkläre ich dir später. Jetzt möchte ich zuallererst von euch wissen, woher ihr Thomas kennt. Los erzählt, bitte!"

„Okay Duncan, aber zuerst sollten wir uns setzen. Möchtet ihr einen Kaffee oder Tee?", fragte Peter und deutete auf den Tisch.

„Oh danke, ein Kaffee wäre schön und du Thomas?", antwortete Duncan schnell und setzte sich an den Tisch. Thomas nickte nur zustimmend und setzte sich dazu. Ann, die nun ihren leichten Schock, den Thomas erscheinen bei ihr ausgelöst hatte, überwunden hatte, nahm den Wasserkessel füllte ihn mit Wasser und stellte ihn auf den Herd. Dann drehte sich zu den dreien um und sagte „Setz dich Peter. Ich mach das schon. Es dauert noch ein wenig bis das Wasser kocht und solange kannst du schon mal anfangen zu erzählen. Denn wenn wir bis heute Abend fertig sein wollen, sollten wir jetzt keine Zeit mehr verlieren, sonst könnte es nicht mehr reichen, alles zu klären."

„Du hast recht, Ann" meinte Peter und begann, zu Duncan gewandt, mit seinen Schilderungen.

„Mmh, …also das war so. Wir waren letztes Jahr im Frühjahr, genauer gesagt von Mitte Mai bis Mitte Juni, in Südwestengland, um Nachforschungen über Josef von Arimathia anzustellen. Wir fuhren dazu zuerst nach Glastonbury, wo eben dieser Josef die erste christliche Gemeinde Britanniens gegründet haben soll. Wir waren gerade einmal zwei oder drei Tage dort, als Ann auffiel das wir von jemandem beschattet wurden. Es war in den Archiven der Abbey, wo es dann auch mir bewusst wurde. Doch es war nicht nur einer, sondern es waren sogar mehrere. Wir kümmerten uns nicht weiter darum, denn es war ja nicht das erste Mal, dass wir mit unseren Recherchen Aufsehen erregten. Also machten wir weiter und wir wurden auch fündig. Josef von Arimathia war mehrmals im ersten Jahrhundert, nach Christi Geburt, in Somerset. Um genauer zu sein am Sommersee und auf jener Insel inmitten eines großen Binnensees bzw. Sumpfgebietes, der im elften Jahrhundert systematisch trockengelegt wurde und an deren Fuß heute Glastonbury liegt. Dazu müsst ihr wissen, dass sich dort ein ganz besonderer Kraftort befindet, der das Herz-Chakra der Erde sein soll. Das letzte Mal, als er dort hinkam, gründete er, mit Erlaubnis der dort ansässigen Druiden und Priesterinnen seine Gemeinde und blieb. Es wurde auch berichtet, dass er das Blut Jesu mitbrachte. Weiterhin sagte man, dass er dort seinen Stab, der von demselben Dornbusch wie die Dornenkrone von Jesus gewesen sein soll, in den Boden stieß und aus dem dann ein eben solcher gewachsen sein soll. Seine Ableger kann man heute noch dort bewundern. Doch leider gibt es dort auch Menschen, die diesen Ort zerstören wollen, denn der Busch, der dort steht, wo Josef von Arimatäa seinen Stab in die Erde gesteckt hat, wurde in der letzten Zeit des Öfteren abgeschnitten. Entschuldigung, ich schweife ab.", bemerkte Peter und blickte erwartungsvoll in die Runde.

„Nein, nein Peter. Erzähl weiter, das ist hoch interessant, bitte.", antwortete Duncan.

„Aber bevor du weitermachst, trinkt zuerst einmal euren Kaffee bevor der kalt wird.", rief Ann dazwischen.

Sie nahmen alle genüsslich einen Schluck aus ihren Tassen und Peter fuhr mit seiner Erzählung fort.

„Also da war es, wo wir zum ersten Mal Thomas, genauso wie die beiden Heinis, die du in Edinburgh kennen lernen durftest, sahen. Das Blut Jesu bzw. *den heiligen Gral* hatte Josef also dabei. Es war aber nirgendwo genauer beschrieben wie das zu versehen war. Alles, was wir in den Archiven von Glastonbury und Exeter fanden, waren Vermutungen und Legenden aus späterer Zeit. Doch wir wussten das Josef und seine Leute an einem wichtigen römischen Hafen gegenüber der Isle of Wight, dessen Namen Port Adurni war, ankam. Port Adurni heißt heute Portchester. Also machten wir uns auf und versuchten dort etwas herauszufinden. In Portchester sagte man uns das alles, was aus der damaligen Zeit an Funden und Material noch existiere, mittlerweile entweder in Southampton oder in London sei. Wir fuhren daraufhin zuerst nach Southampton. Doch auch dort fanden wir nichts aus der fraglichen Zeit, nichts außer ein paar vagen Andeutungen. Also begaben wir uns zu guter Letzt nach London und überall, wo wir hinkamen, waren auch Thomas und die beiden anderen

Gestalten. Wie gesagt, wir hatten das ja schon öfter erlebt, aber diesmal wirkte das alles sehr viel aufdringlicher, vor allem die beiden die aussahen, wie Priester waren aufdringlicher. In London dann, ich weiß nicht mehr, in welchem der vielen Museen und Archiven es war, wurden wir dann fündig. Mir kam ein Manuskript in die Hände, das schon sehr alt war und ursprünglich aus Portchester stammte. Aus einer Gewohnheit heraus fotografierte ich es ab. Was sich wieder einmal als vorteilhaft erweisen sollte. Es war schon spät am Nachmittag, als ich es fand, und ich hatte deshalb nicht mehr genügend Zeit, es zu studieren. Deshalb also die Fotos. Als wir tags darauf dann wiederkamen, war das Dokument nicht mehr auffindbar. Da wussten wir, wir hatten ein wichtiges Puzzleteil gefunden. Wir wunderten uns nicht darüber, dass es angeblich verschwunden war, denn es war ja nicht das erste Mal, dass dies geschah. Wir packten darauf unsere sieben Sachen und fuhren zurück nach Hause. Zu Hause dann untersuchten wir das Dokument und kamen aus dem Staunen nicht mehr heraus. Josef von Arimathia kam mit einem seiner Schiffe im Jahr 45 in Port Adurni an. Mit im zwei Dutzend Männer sowie einem Jungen und einem Mädchen. Dazu waren noch ein paar Pferde, Fuhrwerke und verschiedene Waren und Güter an Bord. Als alle Menschen von Bord und alles andere entladen war, verkaufte Josef das Schiff und machte sich auf zum Sommersee. Nun wussten wir, was mit dem Blut Jesu gemeint war. In einem anderen Dokument fanden wir weiterhin das ein junger Mann und eine junge Frau, die in die Gewänder der Druiden und Priesterinnen vom Sommersee gekleidet waren, mit einem Papier, das sie als Angehörige von Josef auswies, etwa zehn Jahre später von Port Andurni aus mit dem Schiff nach Südgallien aufbrachen. Das war, was wir letztes Jahr im Mai heraufanden, als wir von Thomas beschattet wurden. So, ich habe nun mächtigen Hunger bekommen. Lasst uns erst etwas Essen, bevor wir weitermachen. Was meint ihr dazu?", beendete Peter seinen Vortrag. „Das ist eine sehr gute Idee!", stimmte Duncan zu und Thomas nickte abermals nur.

„Danach werde ich dir erzählen was sich Edinburgh ereignet hat und Thomas muss uns Rede und Antwort stehen, okay?"

„Okay!", meinte Peter nur ziemlich einsilbig.

„Das Essen war ausgezeichnet!", lobte Duncan, nachdem sie fertig waren. „Du bist eine fabelhafte Köchin, Ann. Ich könnte mich an die deutsche Küche gewöhnen. Aber nun will ich euch über die Ereignisse in Edinburgh berichten."

Duncan begann seine Ausführungen mit seinem morgendlichen Spaziergang zum Grassmarket und lies ganz bewusst das Telefonat mit seinem Onkel weg. Genauso wenig erwähnte er die Komturei und wie sie mit den Agenten des Vatikans dann letztendlich verfahren waren. Er wollte Peter und Ann weiterhin in dem Glauben lassen, er wäre Angestellter von Scottland Yard.

Auch sprach er nicht darüber, dass sie übermorgen vor den Rat seiner Organisation, dessen Großmeister sein Onkel war, treten und dort über ihre Recherchen berichten sollten.

Er tat dies ganz bewusst, denn er wollte die beiden zum einen testen und zum andern aber auch nicht unnötig beunruhigen.

Als er seinen kleinen Bericht dann abgeschlossen hatte, wartete er gespannt auf ihre Reaktionen. Vor allem auf die von Peter. Er musste nicht lange warten, denn sie kam postwendend.

„So, so - Agenten des Vatikans! Was du nicht sagst!", begann Peter in einem seltsam sarkastischen Unterton und zog dabei die Augenbrauen hoch. „Aber stell dir vor Duncan das wussten wir bereits. Wir sind uns nur noch nicht ganz im Klaren darüber was für eine Rolle du und deine Freunde bei dieser Inszenierung spielen. Wir haben zwar eine Vermutung, doch ich denke das aufzuklären liegt bei dir! Oder? Doch eines bin ich mir jedenfalls sicher! Mit Scottland Yard hab ihr genauso wenig zu tun, wie wir mit dem deutschen Geheimdienst! Ihr müsst uns schon für ziemlich unterbelichtet halten, wenn ihr denkt, dass wir auf euer kleines Schmierenthe-ater hereingefallen sind. Los spuck es endlich aus. Zu welchem Verein gehört ihr!", warf Peter Duncan verär-gert an den Kopf. Denn er wollte ihre Vermutung aus seinem Munde bestätigt haben „Okay, du hast gewon-nen.", gab Duncan nach. „Mein vollständiger Name ist

Duncan Sinclair und mein Onkel ist Sir William Sinclair. Der Name ist dir doch sicherlich ein Begriff?"

Duncan machte eine Pause, um die Reaktion seines Gegenübers abzuwarten.

Dieser nickte nur, mit einem gelassenen Gesichtsausdruck, zustimmend. Da stand für ihn fest, dass er die beiden völlig richtig eingeschätzt hatte und seine Achtung vor und Zuneigung zu ihnen wuchs nochmals an.

„Wir haben nichts mit dem Scottland Yard zu tun, sondern kommen von einer Organisation, die eine sehr alte Tradition hat. Doch bin ich nicht befugt, euch darüber aufzuklären. Das ist auch der Grund, weshalb wir es so eilig haben. Ihr beiden sollt übermorgen vor den Rat dieser Organisation treten zu diesem Zweck werden wir heute noch nach Stirling reisen. Also packt eure Sachen zusammen. Das andere könnt ihr so lassen wie es ist. Möglicherweise kommen wir nochmals hierher zurück. Wenn nicht, kümmern wir uns darum.", beendete Duncan seine Stellungnahme für Peter und Ann. Dann wandte er sich Thomas zu und begann von neuem.

„So, Thomas, nun zu dir. Du bist mir, glaube ich, noch eine Erklärung schuldig!" Thomas senkte verlegen seinen Blick.

„Duncan, ich durfte und darf dir darüber nichts sagen. Nur so viel, es war ein Auftrag, den ich direkt vom Rat, also von deinem Onkel erhalten habe. Wenn du etwas über die Hintergründe wissen willst, musst du mit ihm darüber reden. Ich wusste nicht, dass uns die beiden entdeckt hatten. Wir waren damals sehr vorsichtig, denn wir wussten, dass sie sehr aufmerksam waren. Aber anscheinend waren wir nicht vorsichtig genug."

„Das kann man wohl so sagen!", warf Peter belustigt ein. „Denn wie ich vorher schon gesagt habe war es nicht das erste Mal, das wir bespitzelt wurden."

„Entschuldigung für die Unannehmlichkeiten, die sie durch uns hatten, aber nur so viel noch zu unserer Verteidigung. Es diente ausschließlich zu ihrem Schutz! Denn nur deshalb konnten Duncan und die anderen bei den Ereignissen in Rosslin rechtzeitig eingreifen. Mehr kann und werde ich dazu nicht mehr sagen. Sie werden nun, wie ich das sehe, bald eine angemessene Erklärung erhalten. Sie sollten sich noch etwas gedulden. Ich meine, es wird sich für sie lohnen.", orakelte Thomas und wandte sich mit einem breiten Grinsen ab.

Kapitel 4

Nachdem Peter und Ann ihre Sachen zusammengepackt hatten, luden sie diese in das Fahrzeug von Duncan und Thomas ein.

Peter schloss das Cottage ab und übergab den Schlüssel Duncan. Danach stiegen sie alle zusammen ins Auto und fuhren schweigend nach Callander. Dort trafen sie am Bridgend House auf Sean und Phillip. Auch sie hatten bereits alles in einem weiteren Fahrzeug verstaut.

Als die vier nun ausgestiegen waren, ging Duncan auf Sean zu und erkundigte sich danach, ob sie alles erledigt hatten, was er ihnen aufgetragen hatte. Dieser bejahte Duncans Frage mit einem energischen nicken. Daraufhin gab Sean das Zeichen zum Aufbruch. Sie kletterten alle in ihre Wagen und machten sich über die Bundesstraße A 84 auf den Weg nach Stirling.

Sean und Phillip fuhren voraus, denn die beiden hatten schließlich die Pension/das Hotel ausgesucht, in der sie absteigen sollten.

Sie hatten gerade Callander verlassen, als Ann sich mit einer Frage an Duncan wandte. „Sag mal Duncan? Was hab ihr eigentlich mit den beiden Priestern gemacht? Die leben doch noch, oder?"

„Hör ich da etwa Sorge in deiner Stimme Ann?", entgegnete Duncan leicht erheitert.

„Nein, ich bin nur nicht sehr für unnötige Gewalt!", meinte daraufhin Ann bestimmt.

„Keine Angst! Wir auch nicht. Aber zu deiner Beruhigung, die beiden dürften mittlerweile wieder in Rom sein und dort höchst wahrscheinlich für etwas Aufregung gesorgt haben. Wir haben sie nämlich hübsch verpackt in einem bequemen kleinen Container per Flugzeug zurück nach Rom geschickt. Und ihnen zu verstehen gegeben, dass wir weder ihre noch die Anwesenheit von irgendeinem ihrer Kollegen hier wünschen."

Als Duncan geendet hatte fielen alle in ein schallendes Gelächter ein.

In etwa zur gleichen Zeit wurde am Wareneingang des Vatikans in Rom eben jener Container aus Edinburgh angeliefert.

Der diensthabende Arbeiter wunderte sich über diese Lieferung, denn sie war nicht avisiert.

Da die Angestellten der Warenannahme die Anweisung hatten, bei solchen und allen anderen Verdächtigen Lieferungen diese aus sicherheitstechnischen Gründen sofort zu melden. Benachrichtigte er unverzüglich seinen Vorgesetzten und brachte damit die Maschinerie zum Laufen.

Der Container wurde in eine für solche Fälle vorgesehene leere Lagerhalle gebracht und abgestellt. Danach zogen sich die Mitarbeiter der Warenannahme zurück. Sie hatten das getan, was ihnen vorgeschrieben war. Was nun kam, ging sie nichts mehr an.

Kaum hatten sie die Halle verlassen, betraten durch eine andere Türe einige in schwarz gekleidete Sicherheitsleute die selbige. Sie nahmen sogleich Aufstellung um den Container und an dessen Verschlag.

Kurze Zeit später erreichte auch der Leiter der Sicherheitsabteilung und ein spezielles Öffnungsteam den Ort des Geschehens.

Auf eine Handbewegung des Leiters der Sicherheitsabteilung begann das Öffnungsteam schweigend mit seiner Arbeit.

Zuerst entfernten sie vorsichtig die Verplombung am Verschlussmechanismus des Containers. Danach untersuchten sie von Hand und mit allen möglichen Geräten wie Ultraschall und fahrbarem Röntgengerät die Türen und deren Spalten nach einem eventuellen Zündmechanismus für eine Bombe.

Als dies alles negativ ausfiel, öffneten sie die beiden Flügel des Containers und blieben wie angewurzelt mit weit geöffneten Mündern stehen. Sie hatten alles erwartet. Doch der Anblick, der sich ihnen nun bot, war so unerwartet, dass sie nur noch staunen konnten.

Es lagen da zwei Personen dick vermummt und fest verschnürt auf zwei Pritschen. Zwischen den beiden lag auf dem Boden ein Kuvert, welches mit Tape Band gegen Verrutschen gesichert war. So etwas hatten sie nun wirklich nicht erwartet. Sie standen nun bewegungsunfähig vor dem geöffneten Container und starrten hinein, als eine Stimme aus dem Hintergrund die Stille durchbrach. „Was ist? Was sehen sie? Sagen sie mir auf der Stelle, was da so erstaunlich ist?"

Es war die sonore Stimme des Leiters der Sicherheitsabteilung, welche die Stille durchbrach. Durch diese aufgeschreckt entstand nun hektische Betriebsamkeit. Einer des Öffnungsteams antwortete in Richtung des Leiters gewandt „Schauen sie doch selbst Signore. So etwas haben sie noch nicht gesehen."

Dieser machte sich nun seinerseits auf den Weg, um sich selbst ein Bild von dem zu machen was seine Mitarbeiter so aus der Fassung brachte. Als er am Container ankam dachte er, und er konnte sich ein Schmunzeln dabei nicht verkneifen, „ja so etwas habe ich wirklich noch nicht gesehen".

Er gab Anweisung, die Personen aus ihrer misslichen Lage zu befreien, was auch sofort in Angriff genommen wurde. Als nun die zwei Gestalten ihrer Fesseln entledigt und aus ihrer Vermummung geschält waren, machte sich ein weites Mal Erstaunen breit.

Der Monsignore erkannte sofort die Mitarbeiter des Geheimdienstes und noch bevor Fragen aufkommen konnten, gab er Anweisung, die beiden in die Räume der Sicherheitsabteilung und das Kuvert ungeöffnet in sein Büro zubringen. Er selbst verlies daraufhin die Halle und begab sich auf direkten Weg zum Leiter des Geheimdienstes.

Die beiden befreiten Agenten hatten zwischenzeitlich genug Zeit bekommen, um sich frisch zu machen, und da sie seit zwei Tagen nichts mehr gegessen hatten, konnten sie sich auch verpflegen. So erfrischt und gestärkt wurden sie dann in das Büro des Leiters der Sicherheitsabteilung gebracht.

Dort wurden sie nicht nur von diesem sehnlichst erwartet. Kaum hatten sich die Türen des Büros geschlossen, stürzten auch schon die ersten Fragen auf sie ein.

„Wie konnte das passieren? Wer hat das getan? Antworten Sie Pater John. Pater Petro antworten sie!", begann der Leiter des Geheimdienstes entrüstet auf die beiden befreiten Agenten ein zubrüllen.

„Das ist nicht so einfach zu erklären Monsignore, ist es wirklich nicht. Glauben sie uns!", antwortete Pater John niedergeschlagen und eingeschüchtert. Dann begann seinen Bericht.

„Wie sie wissen, hatten wir die Aufgabe dieses deutsche Hobbyforscher-Ehepaar aus Stuttgart zu überwachen. Also, die beiden hatten sich Mitte Februar wieder auf den Weg nach England gemacht und wir sind ihnen natürlich wie immer gefolgt. Am Anfang war alles sehr einfach, sie fuhren wie immer auf derselben Route bis London. Aber von dort aus ging es diesmal nicht in den Südwesten von England, sondern sie richteten sie nach Norden. Wir konnten uns am Anfang nicht so recht einen Reim darauf machen, denn sie besuchten dieses Mal so gut wie keine Museen und Archive, sondern schienen wirklich nur Urlaub zu machen. Bis sie der Templerkirche in Garway und dem Shepherds Monument auf Shugborough Hall einen Besuch abstatteten. Von da an ging es immer weiter nach Norden, bis sie schließlich in Schottland ankamen. Dort fielen sie wieder in ihre alte Geschäftigkeit zurück. Wir wussten, dass wir uns auf ziemlich unsicherem Terrain aufhielten und wollten sicherstellen, das sie nicht mit den anderen in Kontakt treten konnten. Denn eine der Anweisungen, die wir aus der Zentrale, also von ihnen Monsignore, erhalten hatten, war dies unter allen Umständen zu verhindern. Des Weiteren waren wir nun auch der Meinung, dass sie genug Dreck aufgewühlt hatten und wollten mit ihnen Monsignore in Verbindung treten, um das weitere Vorgehen zu koordinieren. Doch dazu kamen wir nicht mehr. Die beiden machten sich auf den Weg zur Rosslyn – Chapel bei Edinburgh und wir mussten annehmen, sie hätten einen Kontakt hergestellt. Deshalb folgten wir ihnen und wollten sie dort stellen und ihnen ihre Unterlagen, die sie immer in Form von Datensätzen auf ihren Laptops bei sich hatten, abnehmen. Gleichzeitig wollten wir sie wie besprochen, kidnappen und hierherbringen. Doch wie bereits erwähnt, kamen wir nicht mehr dazu. Die Ereignisse überschlugen sich. Wir hatten gerade zugegriffen, als uns mehrere Personen in die Parade fuhren. Wir konnten gerade noch flüchten. Ansonsten wären wir da schon in deren Hände gefallen. Wir vermuteten, dass nur die anderen dahinterstecken konnten und überwachten die Wohnung von Duncan Sinclair, von ihm wussten wir, dass er zu ihnen gehörte.

Zwei Tage später tauchte er dann auch auf. Wir folgten ihm, weil wir dachten, er würde uns zu den beiden führen, bis zu einem Pub in der Innenstadt von Edinburgh und dann wurden wir erst wieder wach, als wir uns schon in dem Container befanden, in welchem sie uns gefunden hatten. Das ist alles, was wir berichten können." Schloss Pater John seinen Bericht und beide fügten noch ihr Bedauern über den unrühmlichen Ausgang ihres Auftrages an.

Der beiden Monsignori entließen die Patres daraufhin und wiesen sie noch an, sich für weiter Fragen und Aufgaben bereitzuhalten.

Erst danach wandten sie sich dem Umschlag zu, der sich mit ihren beiden Patres im Container befunden hatte. Sie schauten sich gegenseitig an und der Leiter des Geheimdienstes öffnete den selbigen.

In dem Umschlag befand sie nur ein Blatt Papier, auf dem ein Rotes Tatzen Kreuz aufgedruckt war. Wiederum schauten die beiden sich an und der Leiter des Geheimdienstes sagte zum anderen konsterniert „Dieses

Mal haben sie gewonnen, aber nur dieses Mal. Wir sollten uns morgen über das weitere Vorgehen beratschlagen. Wir müssen uns überlegen, wie wir ohne großes Aufsehen die beiden Deutschen in unsere Hände bekommen. Ich hoffe, wir finden noch einen Weg. Wir hätten nicht so lange warten sollen."

„Ja, wir haben zu lange gewartet." Mit diesen Worten beendete der Leiter des Sicherheitsdienstes das Gespräch.

Die beiden verabschiedeten sich und als der Leiter des Geheimdienstes sein Büro verlassen hatte, ging der andere zu einem seiner Schränke öffnete diesen, entnahm ihm ein Glas und eine Flasche Scotch. Er schenkte sich einen Schluck ein, nahm das Glas und ließ sich mit einem zufriedenen Lächeln in seinen Sessel fallen. Dabei sagte zu sich selbst. „Gott sei es gedankt. Gott sei es gedankt. Sie sind in Sicherheit."

Sie kamen am späten Abend am King Robert Hotel an der Glasgow Road in Bannockburn an. Das war das

Hotel das Sean ausgesucht hatte, weil es sich nicht direkt in Stirling befand. Er hielt es deshalb für sicherer.

Sie checkten alle ziemlich geschafft ein und waren froh, als sie ihr Gepäck endlich auf ihrem Zimmer hatten. Danach wollten sie sich alle noch in der Lobby treffen, um zu besprechen, wie es nun weitergehen sollte.

So trafen sie sich also, nachdem sie sich frisch gemacht und die, die noch Hunger verspürt hatten, ein kleines Abendbrot zu sich genommen hatten, zu einem Drink in der Lobby. Sie beschlossen dabei kurzerhand, dass sie alles, was noch zu erledigen war, auf den nächsten Morgen verschieben wollten.

Sie waren nach den Anstrengungen des letzten Tages zu müde, um noch irgendwelche Aktivitäten zu tätigen. Sie redeten noch einige Zeit über dieses und jenes. Nach und nach verschwand dann aber einer nach dem anderen auf seinem Zimmer und es kehrte wieder Ruhe in der Lobby vom King Robert ein.

Als Peter und Ann am nächsten Morgen, nach dem sie eine ziemlich unruhige Nacht hinter sich gebracht hatten, dann wieder nach unten in die Lobby kamen, warteten Duncan und Sean schon ungeduldig auf sie. Sie begrüßten sich kurz und Peter fragte. „Sag mal Duncan, wo sind denn Phillip und Thomas? Schlafen die beiden noch?"

„Nein," antwortete Duncan „Ich habe die beiden nach Stirling geschickt, um die Örtlichkeiten dort zu überprüfen und meinem Onkel zu berichten wo wir sind und ihm mitzuteilen das ich ihn gerne vor der Zusammenkunft noch mal sprechen würde. Ich denke das war auch in eurem Interesse. So könnt ihr ihn schon einmal kennen lernen und werdet sehen das ihr ihm genauso vertrauen könnt wie mir. Ich glaube nämlich erkannt zu haben das ihr euch bei dem Gedanken an die Ratsversammlung, die wegen euch einberufen worden ist, nicht sehr wohlzufühlen scheint."

„Das hast du durchaus richtig erkannt, Duncan.", antwortet diesmal Ann „Wir hatten deshalb eine ziemlich unruhige Nacht. Der Gedanke das wir vor dem Rat einer Organisation, die uns unbekannt ist und von der wir nicht wissen, wo sie steht und was sie von uns will, stehen und über unsere Nachforschungen Rechenschaft ablegen sollen hat uns den Schlaf geraubt. Kannst du das verstehen.?"

„Ja das kann ich glaubt mir, das kann.", gab Duncan zurück. „Deshalb habe ich Phillip und Thomas ja losgeschickt. Aber dass ihr nicht wisst mit welcher Organisation ihr es zu tun habt nehme ich euch nicht ab. Das ihr nicht genau wisst wo wir stehen und was wir von euch wollen kann ich nachvollziehen. Doch wären wir euch nicht wohlgesonnen hättet ihr das schon bemerkt, glaubt ihr nicht?"

„Ja, schon, aber eine gewisse Unsicherheit bleibt doch.", meinte Peter daraufhin. „Deshalb habe ich nach meinem Onkel geschickt. Er wird hoffentlich eure Bedenken zerstreuen können." Erwiderte Duncan.

Er hatte den letzten Satz kaum beendet als sein Telefon klingelte. Er nahm ab und entfernte sich gleichzeitig ein wenig, um, von ihnen ungestört, sprechen zu können.

Kurze Zeit später kam er wieder zu ihnen zurück und teilte Peter und Ann mit, dass sein Onkel am Nachmittag ins King Robert kommen würde, um mit ihnen und ihm selbst über die neusten Ereignisse zu reden. Er wirkte sehr nachdenklich dabei und das bereitet wiederum Peter und Ann Kopfschmerzen.

Doch sie ließen sich diesmal nichts anmerken. Bevor sie nun zum Frühstück gingen, teilten sie Duncan noch mit, dass sie danach, da sie nun wohl noch genug Zeit hatten, in das Heritage Centre von Bannockburn gehen wollten.

Dieses erinnerte an die Schlacht, die Robert Bruce hier 1314 gegen die Engländer unter Eduard II. schlug und gewann. An dieser Schlacht sollen, so sagt man, auch die Templer auf der Seite der Schotten gekämpft haben.

Duncan wiederum gab Sean den Auftrag, die beiden zu ihrer Sicherheit zu begleiten und dafür Sorge zu tragen, dass sie auch zur verabredeten Zeit wieder im Hotel waren. Er selbst könne, so behauptete er, nicht mit, denn er hätte noch ein paar Vorbereitungen zu treffen und verabschiedete sich.

Sie kamen gegen 14.00 Uhr von ihrer Exkursion zurück zum Hotel. In der Lobby wartet Duncan schon ungeduldig auf die drei und eilte, als er sie sah, auf sie zu.

„Sagt mal ihr drei, wo bleibt ihr denn" begrüßte Duncan sie sichtlich nervös. „Ihr seid reichlich spät. Onkel William wird jeden Moment da sein. Schnell folgt mir."

„Aber wir müssen uns noch frisch machen und umziehen.", entgegnete ihm Ann.

„Wir haben keine Zeit mehr ", unterbrach Duncan sie barsch. „Da fährt gerade sein Wagen vor. Also lasst uns nun in den Besprechungsraum, den ich heute Morgen noch angemietet und abhörsicher gemacht ha-be, gehen. Kommt!"

Sie folgten Duncan etwas widerwillig in den Besprechungsraum und kurze Zeit später betraten Phillip und Thomas den Raum. Hinter ihnen kam ein etwas älterer Herr zur Türe herein. Das musste Duncans Onkel William sein, dacht sich Peter, denn er sah Duncan sehr ähnlich. Während er diesen Gedanken fasste, hörte er Duncan sagen.

„Hallo Onkel William. Ich freue mich, dich zu sehen. Darf ich dir unsere Gäste vorstellen. Peter und Ann Stenaj-Planter." Zu Ann und Peter gewandt fuhr er fort, „Darf ich bekannt machen? Sir William Sinclair! "

Kapitel 5

"Es freut mich sehr, dass ich sie nun endlich persönlich kennenlernen darf.", eröffnete Sir William das Gespräch „Mein Neffe hat mir schon sehr viel von ihnen erzählt und die Freunde darüber wäre noch größer, wenn die Umstände andere wären, als sie es letztendlich sind!"

„Die Freude liegt ganz bei uns.", entgegnete Peter höflich. „Auch wir bedauern sehr die Umstände. Ob-wohl wir nicht so ganz nachvollziehen können, wodurch wir diese, nun sagen wir einmal Aufmerksamkeit, auf uns gezogen haben. Wir hoffen sie können etwas Licht in das Dunkel bringen!"

„Ich werde es versuchen, meine lieben Freunde. Ich darf sie doch als solche bezeichnen, oder?", begann Sir William von Neuem zu sprechen. „Ich werde es versuchen. Aber zuerst sollten wir uns setzen und uns eine kleine Erfrischung gönnen."

Duncan bezeichnete ihnen Platz zu nehmen und Sean fragte reihum die Getränke ab.

Während Sean, nachdem er die Getränke aufgetragen hatte, sich im Hintergrund des Raumes aufhielt, um eventuell auftretende Wünsche zu erfüllen. Verließen Phillip und Thomas jenen.

Als die Vorbereitungen dann so weit abgeschlossen waren, eröffnete Sir William erneut das Gespräch.

„Zuallererst muss ich ihnen zu ihrer wahrscheinlichen Erleichterung mitteilen, dass die Ratsversammlung zum jetzigen Zeitpunkt nicht stattfinden wird. Es wurde vielmehr beschlossen, dass ich mit ihnen sprechen und sie zuerst über gewisse Dinge in Kenntnis setzen soll."

Er machte eine kurze Pause und stellte tatsächlich Erleichterung in den Gesichtern von Ann und Peter fest. Gerade als Peter zu einer Frage ansetzen wollte, fuhr er mit seiner Ausführung fort.

„Zu Duncans Entschuldigung muss ich sagen, das er davon bis eben nichts wusste, denn die Entscheidung wurde erst kurz bevor ich hier eintraf, gefällt. Und nun zu dem, weshalb wir hier sind."

Er machte wiederum eine kurze Pause als wüsste er nicht wie er beginnen sollte. Er holte noch einmal tief Luft und begann von Neuem zu sprechen.

„Ich hoffe wirklich für sie, dass ich etwas Licht in das Dunkel bringen kann. Sie haben recht, wenn sie vermuten, dass ihre Nachforschungen allein nicht daran schuld sind, das sie in den Schwierigkeiten stecken, in denen sie sich im Augenblick befinden. Aber sie haben das Ganze ungemein beschleunigt. Denn sie haben Dinge aufgestöbert, die sie besser hätten da lassen sollen, wo sie waren."

Peter wollte gerade ansetzen etwas zu erwidern doch Sir William hob beschwichtigend die Hand.

„Nun es ist wie es ist und wir können es nicht mehr ändern. Es ist so das gewisse Kreise im Vatikan sehr allergisch auf alles reagieren, was im Zusammenhang mit der Blutlinie von Jesus, Josef von Arimathia und den Merowingern an die Öffentlichkeit zu dringen droht. Vor allem wenn es so professionell recherchiert ist wie sie es getan haben. Was das ganze aber noch brisanter macht, ist, wenn diejenigen, die es getan haben und noch tun, Namen tragen, wie sie sie tragen."

Peter und Ann hatten vor erstaunen Augen und Mund weit offenstehen. Was hatten ihre Namen damit zu tun.

Dass sie mit ihren Nachforschungen Staub aufwirbeln würden, hatten sie gewusst. Doch was sollte das mit ihren Namen zu tun haben. Sie wurden jäh aus ihren Gedanken gerissen, als Sir William fortfuhr.

„Haben sie sich nie gefragt, wo ihre außergewöhnlichen Namen herkommen? Nein, sollten sie aber! Sehen sie erst diese beiden Komponenten zusammen, haben sie in die Schwierigkeiten gebracht, in denen sie sich befinden! Ich bin heute hier, um ihnen nicht ganz uneigennützig wohlgemerkt, unsere Hilfe und unseren Schutz anzubieten. Doch dazu müssen sie uns vertrauen. Wir sind auf ihrer Seite, wie sie hoffentlich schon bemerkt haben. Aber ich kann und will ihnen zum jetzigen Zeitpunkt nicht mehr sagen. Denn wir wissen nicht, inwieweit unsere Vermutungen richtig sind und wir können nur mit ihrer Mithilfe für sie und für uns wirklich Licht in das Dunkel bringen. Nur noch so viel sollten sich unsere Vermutungen und auch Hoffnungen bestätigen, wird sich für sie vieles, wenn nicht sogar alles verändern. So oder so, das hängt von ihnen ab. Was halten Sie davon? Ich muss ihnen noch eines sagen. Sie können eigentlich nur gewinnen, wenn sie sich für eine Zusammenarbeit mit uns entscheiden. Die Alternativen dazu möchte ich ihnen nicht aufzeigen, aber die sind bei Weitem nicht so rosig, glauben sie mir........ Nein, ich drohe ihnen nicht, denn von uns haben sie nichts zu befürchten. Doch die andere Seite hat nach unserem jetzigen Kenntnisstand allen Grund dazu, ihnen das Leben schwer zu machen und sie tun es ja bereits. Denken sie darüber nach!"

Mit diesen Worten schloss Sir William seine flammende Rede und blickte erwartungsvoll in Anns und Peters Richtung.

Die beiden schauten sich gegenseitig an und nach einer Weile des Schweigens sagte Peter zu Sir William.

„Sir, wir haben gehört, was sie gesagt haben und ja, wir haben uns schon gefragt, woher unsere Namen kommen. Mein Vater sagte immer nur sei Stolz auf den Namen, den du trägst, doch mehr konnte oder wollte er mir nie sagen und wirkliche Ahnenforschung scheiterten immer daran, dass ich die Muttersprache meines Vaters nicht beherrsche. Bei Ann ging es über Andeutungen aus der Familie auch nicht hinaus, weil niemand so wirklich etwas wusste. Nur können wir nicht nachvollziehen, was das mit unseren Nachforschungen zu tun haben soll. Aber gut, und ich glaube, ich spreche da auch in Anns Namen ...", er blickt dabei zu Ann und diese nickte nur bejahend. „Auch wenn uns dabei nicht ganz wohl ist, werden wir das aus meiner Sicht kleinere Übel wählen und mit ihnen zusammenarbeiten. Denn wir lieben das Leben zu sehr, als dass wir es einfach so wegwerfen wollten. Außerdem haben sie uns neugierig gemacht. Wir wollen jetzt mehr denn je wissen, was hier los ist und wohin es uns noch führt. Ich hoffe, sie enttäuschen uns nicht! Also was wollen sie, das wir tun sollen?"

Diese letzte Frage richtet sehr eindringlich an Sir William und sein Blick wanderte zwischen diesem und Duncan hin und her, bis Sir William schließlich antwortete.

„Ich bin über ihre Entscheidung hoch erfreut. Doch bevor ich ihnen auf ihre Frage antworte, werde sie nun erfahren, was wir für sie zu tun gedenken. Wir werden, ich muss ihnen beiden nun gestehen, dass wir bereits damit begonnen haben, Nachforschungen über ihre Herkunft anstellen. Wir werden ihre gesammelten Daten mit den unseren Abgleichen und sie dann zu ihrer Verfügung stellen. Des Weiteren werden wir dafür Sorge tragen, dass sie in Zukunft wieder ohne Angst haben zu müssen, Leben, Arbeiten und Reisen können. Das Einzige was sie dafür tun müssen, ist, uns eine Kopie ihrer Unterlagen zu überlassen.

Das Wichtigste aber ist zu ihrer eigenen Sicherheit. Sie müssen ihren Wohnsitz vorübergehend hier nach Schottland verlegen. Denn nur hier können wir garantieren, dass sie wirklich sicher sein werden. Wohnraum und Arbeit besorgen natürlich wir für sie. Sind die Bedingungen für sie akzeptabel?"

Der Earl of Sinclair musterte Peter und Ann aufmerksam und als die beiden einhellig nickten richtete er nochmals das Wort an sie.

„Gut, ich werde den Rat über ihre Entscheidung informieren. Alles Weitere wird Duncan mit ihnen besprechen. Ich freue mich wirklich sehr über den Ausgang unserer Unterhaltung."

Sir Sinclair lächelte zufrieden und wollte gerade aufstehen, als Ann nun ihrerseits das Wort an ihn richtete.

„Sir William! Sie haben uns noch nichts über ihre Organisation erzählt! Wer oder was ist sie? Es wäre sehr hilfreich für uns zu wissen, mit wem wir es nun tatsächlich zu tun haben."

Mit einem geheimnisvollen Lächeln im Gesicht antwortete dieser nur. „Das wissen sie doch schon oder etwa nicht? Doch sei es wie es will, es ist heute nicht der Tag an dem wir uns ihnen ganz offenbaren, Ann. Nur so viel noch, wir sind die Guten."

Er stand nun wirklich von seinem Platz auf. Reichte, als auch diese sich von ihren Plätzen erhoben hatten, zuerst Ann und dann Peter die Hand zum Abschied und verlies ohne ein weiteres Wort den Besprechungsraum.

Nachdem hinter Sir William die Tür ins Schloss viel, wandten sich Ann und Peter zu Duncan, der die ganze Zeit über schweigend dabeisaß und bestürmten ihn mit Fragen.

Dieser hob beschwichtigend die Hände und bedeutet ihnen, sich nochmals zu setzen. Als alle auch Sean wieder am Tisch saßen, begann er mit beruhigender Stimme ihre Fragen zu beantworten und über die weitere Vorgehensweise zu sprechen.

„Zuerst muss ich euch leider enttäuschen, denn ich bin nicht befugt, mit euch über die Organisation zu reden. Zu den anderen Fragen werde ich euch natürlich antworten. Wir haben in Edinburgh ein paar Objekte, die ihr euch anschauen könnt und dann könnt ihr euch entscheiden, welches davon ihr beziehen wollt. Zur Frage der Arbeit nur so viel, wir haben einige Firmen und Einrichtungen, die der Organisation gehören oder ihr nahestehen. Da ist sicherlich etwas für euch dabei. Die Kopien von euren Recherchen solltet ihr am besten noch heute anfertigen. Sean wird sie dann meinem Onkel bringen. Für die Originale werden wir euch ein

Schließfach bei der RBS besorgen, da sind sie so sicher wie in Fort Knox. Des Weiteren werden wir noch heute einen Flug für die nächsten Tage nach Deutschland buchen, wo ihr euch dann um die Auflösung und den Transport eures Hausstandes und aller anderen Dinge kümmern könnt. Natürlich werden Sean und ich euch dabei unterstützen und begleiten. Wir werden nicht von eurer Seite weichen. Mein Ehrenwort. Und ja, wir haben bereits mit den Nachforschungen über eure Herkunft begonnen und sind sogar schon ziemlich weit vorge-schritten. Wir stehen, genauer gesagt, kurz vor dem Abschluss! Dazu benötigen wir allerdings noch eine Speichelprobe von euch! Wenn wir die DNA daraus gewonnen haben, können wir diese beenden und dann werdet ihr alle die Informationen erhalten, die ich euch jetzt noch nicht geben darf und größtenteils auch nicht kann, Okay?"

Peter und Ann wurden bei diesen Ausführungen immer erstaunter. Sie fühlten sich etwas überrollt, von dem Tatendrang, mit welchem Duncan an die Sache heran-ging. Und was sollte das mit der Speichelprobe? Das Ganze begann ihnen über den Kopf zu wachsen. Wenn

sie vorher gewusst hätten, was sie damit tatsächlich los-
getreten hatten, sie hätten es wohl gelassen.

Duncan seinerseits schien zu bemerken, was in den
beiden vor sich ging und versuchte sie noch mal zu
beruhigen.

„Ann ...... Peter......", begann er beschwörend. „Bitte
vertraut mir. Wir wollen euch nichts Böses. Dies alles ist
notwendig, um euch die größte mögliche Sicherheit
bieten zu können. Ihr werdet schon sehr bald verstehen,
wovon ich spreche. Glaubt mir. Aber ich kann euch
wirklich nicht mehr sagen. Ich kann und darf es
nicht......noch nicht!"

Während dessen hatten in Rom die Leiter des Sicher-
heitsdienstes und des Geheimdienstes, ein paar hohe
Würdenträger von Opus Dei, den Lukasianern und den
Jesuiten zusammengerufen, um sie über das weitere
Vorgehen bezüglich der beiden Deutschen, die ihrer
Meinung nach schon viel zu tief in die Geheimnisse der
Kirche eingedrungen waren, zu informieren.

Die Zusammenkunft fand in einer Villa im toskanischen Stil vor den Toren Roms statt. Diese gehörte in den Privatbesitz des Leiters des Geheimdienstes. Sie lag auf einem kleinen Hügel inmitten einiger Oliven- und Zitronenbäumen sowie von Zypressen.

Der Leiter des Geheimdienstes, ein gewisser Kardinal Belli ergriff, nach dem alle Geladenen eingetroffen waren und sich an die vorbereitete hölzerne Tafel in der großen Eingangshalle gesetzt hatten, unverzüglich das Wort.

„Meine lieben Freunde, wie ihr schon in der Einladung erfahren habt, sind unsere letzten Versuche gescheitert, diese beiden deutschen Hobbyforscher" er verzog dabei verächtlich das Gesicht „aus dem Verkehr zu ziehen, gescheitert. Wir waren ja schon bei unserer letzten Zusammenkunft übereingekommen, die beiden, bevor unsere lieben Freunde von der Prieure auf sie aufmerksam werden, auf Eis zu legen. Doch was wir vermeiden wollten, ist nun leider eingetroffen. Die beiden stehen allem Anschein nach unter dem Schutz unserer lieben Freunde" wieder verzog er verächtlich das Gesicht.

„Also werden Kardinal Le Clerc und ich" er deutet dabei auf den Leiter des Sicherheitsdienstes „einen letzten Versuch starten, sie in unsere Gewalt zu bringen, um ihnen ein für alle Mal zu zeigen, das niemand die römisch-katholische Kirche mit Füssen treten darf. Auch werden wir ihnen ihre ergaunerten Dokumente und angeblichen Beweise abnehmen. Wir haben von einem unserer Mittelsmänner in Schottland erfahren, das sie in ein paar Tagen zurück nach Deutschland fahren werden. Wir haben deshalb beschlossen, uns dies zunutze zu machen. Es ist bereits alles Notwendige in Wege geleitet worden. Aus diesem Grund möchte ich nun ihre kostbare Zeit nicht weiter in Anspruch nehmen und diese außerordentliche Zusammenkunft beenden. Ich bzw. wir werden euch über den Verlauf der Aktion schnellstmöglich in Kenntnis setzten. Ich danke euch dafür, dass ihr so schnell kommen konntet und Gott sei mit euch ihr Männer des *Konzils der wahren Macht*."

Mit diesen Worten beendete er seine Ausführung und die anderen Mitglieder des Konzils erhoben sich, nachdem sie ihre Becher gelehrt und ihre Zustimmung zu dem Gesagten bekundet hatten, von der Tafel. Sie verfließen einer nach dem anderen den Raum, bis nur noch Le Clerc und Belli, in eben demselben zurückblieben.

Die beiden schauten sich an, nickten sich zu und Belli verabschiedete sich von Le Clerc mit den Worten, „So sei es!" Dann verließ er ebenfalls den Raum und zog sich in seine Gemächer zurück.

Kardinal Le Clerc konnte sich ein leises Schmunzeln nicht verkneifen.

Wenn die wüssten das ihr Plan schon jetzt zum Scheitern verurteilt war. Dachte er zu sich selbst. Er verließ nun seinerseits, als letzter, zufrieden den Raum und hing weiter seinen Gedanken nach, während er zu seinem Wagen ging und sich seinerseits auf den nach Hause Weg machte.

Das Konzil der wahren Macht hatte gar keine Macht mehr. Nur wussten sie es noch nicht.

Peter und Ann waren mit Duncan so verblieben, dass sie mit ihm am nächsten Tag zusammen nach Edinburgh fahren und gemeinsam die verschiedenen, zur

Auswahl stehenden Objekte besichtigen wollten. Duncan seinerseits hatte nochmals bekräftigt, sich darum und um die anderen Dinge, die Sie besprochen hatten, zu kümmern.

Bevor er sich von ihnen dann verabschiedete, teilte er ihnen noch mit, dass sie, bis sie zusammen zurück nach Deutschland fliegen würden, hier im King Robert logieren würden. Des Weiteren würden Sean, Phillip und Thomas zu ihrer Sicherheit immer in ihrer Nähe sein, was sie sehr beruhigte.

Nachdem Duncan und die beiden dann auf ihr Zimmer gegangen waren und sich endlich Ruhe einstellte, hatten sie zum ersten Mal, seit sie das Cottage am Loch Katrine verlassen hatten Zeit, um sich Gedanken darüber zu machen, was eigentlich in den letzten Stunden alles passiert war.

Sie kamen zu dem Schluss, dass sie die Ereignisse überrollt hatten. Auch konnten sie sich nicht so genau vorstellen, wohin sie das alles noch führen sollte. Sie wussten aber gleichzeitig instinktiv, dass es sehr wohl auch sehr viel weniger positiv hätte verlaufen können.

Nämlich dann, wenn sie in die Fänge der beiden dunklen Gestalten, die allem Anschein nach Häscher des Vatikans waren, gefallen wären.

Deshalb bedankten sie sich bei ihrem Schicksal, welches es gut mit ihnen zu meinen schien, und beschlossen den Weg, den sie nun mehr oder weniger freiwillig eingeschlagen hatten, weiterzugehen.

Auch beschlossen sie, Duncan und seinen Leuten ihr Vertrauen zu schenken. Denn sie hatten den Eindruck, dass diese es verdient hatten.

Außerdem waren sie viel zu neugierig auf das, was noch kommen würde. Vor allem aber darauf, was all das mit ihrer eigenen Herkunft zu tun hatte.

Nachdem sie sich so geeinigt hatten, wollten sie den Abend dazu nutzen, um sich noch ein bisschen von Sterling anschauen und Sean erklärte sich sofort bereit, den Fremdenführer für sie zuspielen.

Kapitel 6

Am nächsten Morgen, nachdem sie ausgiebig gefrühstückt hatten, machten sie sich dann gemeinsam mit ihren Begleitern auf den Weg nach Edinburgh. Dort würde sie Allister, ein weiter Vertrauter Duncans erwarten, um mit ihnen ein paar kleine Häuschen und Wohnungen in Edinburgh und Umgebung zu besichtigen. Duncan meinte, dass ein paar sehr schöne dabei wären. Aber er wolle auch nicht zu viel vorab verraten, um sie nicht zu sehr zu beeinflussen.

Die Fahrt von Sterling nach Edinburgh dauerte etwa 1 ½ Stunden und war sehr kurzweilig. Sie hatten viel Spaß und unterhielten sich nur über alle möglichen belanglosen Dinge. Es war, als wollten alle den Ernst ihres Zusammenseins für eine Weile ausblenden. Peter und Ann genossen gleichzeitig noch die herrliche Landschaft, durch die sie fuhren. Als dann endlich Edinburgh in Sicht kam, wurde die Stimmung wieder deutlich ernster. Es wurde nichts mehr gesprochen, bis sie dann nach unendlich langen erscheinenden Minuten endlich mit Allister am ausgemachten Treffpunkt zusammentrafen.

Duncan begrüßte Allister herzlich und stellte ihm Peter und Ann vor. Danach fragte er ihn, ob alles vorbereitet war und wenn ja, wie viele Objekte er für geeignet gehalten und ausgewählt hatte. Allister teilte ihnen mit, dass es sich um vier Objekte handeln würde. Wovon zwei sich direkt in Edinburgh befanden, aber „nur" Wohnungen wären. Die anderen beiden wären zwar Häuser mit etwas Garten, lägen dafür aber in Rosslin, also außerhalb von Edinburgh. Ann und Peter beteuerten Allister, dass dies nichts ausmachen würde, da sie in Deutschland auch auf dem Land wohnen würden, was ihnen deutlich mehr zusagte als die Stadt. Doch sie wollten auf alle Fälle alle vier Objekte besichtigen. Nach kurzer Absprache darüber, welche der Wohnungen bzw. Häuser sie nun zuerst ansteuern sollten, machten sie sich auf den Weg.

So kam es, dass sie zuerst die beiden Wohnungen in Edinburgh selbst besichtigten. Die Erste befand sich in New Town, in der Nähe des Circus Place. Es war eine kleine, schnuckelige vier Zimmer Wohnung. Die zweite befand sich in der Lady Lawson Street und war ebenfalls eine vier Zimmerwohnung, nur sehr viel größer. Mit hohen Decken und einem wunderschönen Blick auf Edinburgh Castle. Als sie die Besichtigung der beiden Wohnungen abgeschlossen hatten, machte Duncan den Vorschlag noch in eines der vielen Cafés am Grassmarket zu gehen, um die ersten Eindrücke etwas setzen zu lassen.

Ann und Peter lehnten jedoch dankend ab und verwiesen darauf, dass sie doch zu sehr unter Zeitdruck stehen würden. Schließlich wollten sie noch die beiden Häuser in Rosslin sehen. Des Weiteren sollten sie noch zur RBS, um ein Konto zu eröffnen und ihre Unterlagen ins zugesicherte Schließfach legen.

Sie hätten also ein noch sehr beträchtliches Pensum zu erledigen.

Duncan konnte ihre Bedenken verstehen und so fuhren sie zuerst nach Rosslin, wo sie die beiden Häuser inspizierten. Es waren beides sehr schön geschnittene Häuser und eines davon, welches sich am Rande, der zu Rosslyn Chapel gerichteten Seite von Rosslin befand, hatte noch dazu einen sehr schön angelegten und großen Garten. Doch Ann und Peter konnten und wollten sich noch nicht festlegen. Deshalb machten sie sich wieder auf den Weg zurück nach Edinburgh, um die Bankgeschäfte der beiden zu erledigen.

Als nun endlich das ganze Pensum, das sie sich für diesen Tag vorgenommen hatten, hinter sich gebracht hatten, bedankten und verabschiedeten sie sich von Allister und begaben sich völlig erschöpft auf den Rückweg zum King Robert in Bannockburn.

Sie kamen am späten Nachmittag im King Robert an und verabredeten sich zum Abendessen, wo sie dann alles Weitere besprechen wollten. Danach gingen sie auf ihre Zimmer, um ein wenig auszuruhen und sich frisch zu machen.

Nachdem sie das Abendessen eingenommen hatten, gingen sie alle zusammen in die Hotelbar. Dort setzten sie sich an einen der hinteren Tische und Duncan begann das Gespräch.

„So ihr beiden. Ihr hattet ja jetzt genug Zeit, um euch einig zu werden. Welches der besichtigten Wohnobjekte soll es denn nun sein?", fragte er mit einem scherzenden Unterton und grinste sie breit an.

„Wir sind übereingekommen, dass wir das Haus mit dem Garten beziehen wollen. Es hat uns eindeutig am besten von allen gefallen.", antwortete Peter leicht affektiert und grinste Duncan ebenso breit an, bevor er genauso fortfuhr. „Wir haben festgestellt das dort unser Mobiliar am ehesten, unseren Vorstellungen gemäß, zur Geltung kommt."

„Gute Wahl, meine Lieben, gute Wahl!", kam es spontan aus Sean gesprudelt und alle fingen an herzhaft zu lachen.

Als nun die allgemeine Heiterkeit ein wenig abgeebbt war begann Duncan von Neuem, dieses Mal allerdings deutlich ernsthafter, das Gespräch.

„So weit so gut. Ein wenig Spaß sei uns gegönnt. Wir hatten in der letzten Zeit nicht all Zuviel Gelegenheit dazu. Aber jetzt sollten wir wieder ernsthafter werden. Zuerst muss ich euch zu eurer Wahl beglückwünschen. Denn es ist, wie Sean schon treffend bemerkt hat, wirklich eine gute Wahl. Eine sehr gute sogar. Zum einen ist es ein wirklich sehr schönes Anwesen. Zum anderen können wir euch dort die optimale Sicherheit gewähren, da die meisten Menschen in dieser Gegend, auf die eine oder andere Weise mit uns verbunden sind."

Sie erhoben ihre Gläser und stießen darauf an. Bevor Duncan fortfuhr, bestellte er noch eine weitere Runde Bier, bei der Bedienung, die gerade vorbei kam, um nachzusehen ob alles zu ihrer Zufriedenheit war. Als diese den Tisch verlassen hatte setzte er von Neuem an. „Und nun zu morgen."

„Ja, genau zu morgen, wie geht es jetzt weiter?", unterbrach ihn Ann.

„Morgen," erklärte Duncan. „Morgen werden wir nach Deutschland fliegen. Ich habe vorher, als wir auf unseren Zimmern waren, mit Phillip telefoniert. Und er hat mir mitgeteilt, dass er für morgen Mittag noch Plätze für einen Flug nach Frankfurt ergattern konnte. Wir werden Phillip und Thomas am 13.00 Uhr am Flughafen von Edinburgh treffen. Es ist ein Direktflug. Wir müssen also nicht in London oder Manchester zwischenlanden. Deshalb sollten wir es heute nicht allzu spät werden lassen. Ich schlage vor wir trinken noch dieses eine Bier"

Er deutete auf die vollen Biergläser, die von der Kellnerin gerade auf den Tisch gestellt wurden. „Und gehen dann zu Bett. Was meint ihr dazu?"

„Eine gute Idee.", bekräftigte Peter. Ann und Sean nickten nur kurz zustimmend.

Sie prosteten sich, auf gutes Gelingen, zu und tranken gemächlich ihre Gläser leer. Anschließend wünschten sie sich noch eine gute Nacht und verschwanden auf ihren Zimmern.

Am nächsten Morgen trafen sie sich in der Hotel-Lobby. Peter und Ann hatten auch schon ihre Koffer gepackt und waren bereit zur Abreise. Duncan bezahlte die Hotelrechnung und verabschiedete sich vom Portier. Gemeinsam gingen sie zum Auto und luden Peter und Anns Gepäck ein.

Anschließend ging es zu Sean und Duncan nach Hause, wo jeder von den beiden noch ein paar Sachen zusammen raffte. Danach fuhren sie dann zum Flughafen von Edinburgh.

Dort wurden sie schon von Phillip und Thomas erwartet. Sie luden ihre Koffer aus und Duncan übergab die Autoschlüssel an Allister, der sich zu diesem Zweck auch am Flughafen eingefunden hatte. Sie verabschiedeten sich alle herzlich von Allister, der ihnen noch viel Glück wünschte, und begaben sich dann zum Check-in Schalter der Lufthansa. Als sie ihr Gepäck dann endlich aufgeben hatten, gingen sie, da sie noch genügend Zeit hatten, im Duty-Free Bereich ein wenig shoppen. Danach schlenderten sie gemächlich zu ihrem Gate und stiegen ins Flugzeug.

Die Maschine hob pünktlich um 14.30 Uhr vom Flughafen Edinburgh ab. Nach einem ruhigen Flug landeten sie ebenso pünktlich um 18.00 Uhr, Ortszeit, in Frankfurt. Von da aus nahmen sie, weil es schon spät war und sie nicht noch mehr Zeit verlieren wollten, ein Großraumtaxi und fuhren in Richtung Stuttgart.

Peter und Ann bewohnten dort, in einem Ort im Einzugsgebiet von Stuttgart, ein kleines Reihenhaus und sie hatten die vier eingeladen für die Zeit, in welcher sie sich dort aufhielten, bei ihnen zu wohnen.

Duncan, der sich schon Sorgen darüber gemacht hatte, wie er den beiden die größte mögliche Sicherheit zukommen lassen konnte, stimmte diesem Vorschlag erleichtert zu. Denn es vereinfachte ihm seine Arbeit deutlich.

Nach einer etwa zweistündigen Fahrt kamen sie endlich in Hochdorf, so heiß der kleine Ort vor den Toren von Stuttgart an. Sie luden wiederum die Koffer aus dem Taxi. Peter bezahlte den Taxifahrer und ließ im noch ein anständiges Trinkgeld angedeihen, denn dieser hatte ihnen die Fahrt sehr angenehm werden lassen und war geschickt einige Staus umfahren.

Hoch erfreut darüber bedankte dieser sich und fuhr sichtlich zufrieden davon.

Ann war während dessen mit ihren vier Begleitern und dem Gepäck zum Haus, welches in einer ruhigen Lage nahe dem Walde am Ortsrand von Hochdorf lag, gegangen und schloss gerade die Türe auf, als auch Peter dazu kam.

Als Ann nun die Türe geöffnet hatte, gingen sie alle gemeinsam durch einen kurzen Flur ins Wohnzimmer der beiden.

Ann betrat als Erste das Zimmer und blieb, nachdem sie das Licht an gemacht hatte, wie angewurzelt stehen. Die anderen, die von dieser Tatsache völlig überrascht wurden, liefen auf sie auf, und als sie dann einen Blick auf das Wohnzimmer erhaschen konnten, wussten sie auch, warum Ann so abrupt stehen geblieben war. Es sah fürchterlich aus. Das Zimmer war total verwüstet.

Ann zitterte am ganzen Körper und Peter war starr vor Schreck. Mit so etwas hatten sie nicht gerechnet, obwohl sie eigentlich auf Ähnliches hätten vorbereitet sein sollen. Sie wussten mittlerweile, worauf es die Patres, die sie verfolgten, abgesehen hatten.

Als der erste Schreck von ihnen abgefallen war, schwärmten sie alle, ohne ein Wort zu verlieren aus, um die anderen Zimmer und den Keller zu überprüfen. Überall bot sich ihnen das gleiche Bild. Alle Schränke standen offen und das Interieur war gleichmäßig über den Boden verteilt. Es sah aus, als wäre ein Tornado durch das gesamte Haus gefegt. Die einzigen Zimmer, die von der Verwüstung größtenteils verschont geblieben waren, waren die beiden Toiletten, das Badezimmer und die Küche.

Nachdem sie sich einen ersten Überblick über das Chaos gemacht hatten, trafen sich alle in der Küche wieder. Duncan wollte Peter und Ann beruhigen, doch als er sie sah, musste feststellen, dass die beiden erleichtert schienen. Er wollte ihnen gerade ein paar Worte des Trostes aussprechen, als Peter zu reden begann.

„Hier hat wohl jemand etwas gesucht und ich glaube, du hast auch schon eine Ahnung, wer das war, nicht war Duncan? Aber wir können dich beruhigen, sie haben mit Sicherheit nicht das gefunden, wonach sie gesucht haben. Ich glaube, wir brauchen jetzt alle erst mal einen Kaffee, denn mit was anderem können wir im Augenblick eh nicht dienen. Wir müssen morgen zuerst das

Notwendigste besorgen. Sollen wir die Polizei holen? Was meinst du Duncan?"

„Nein, ich glaube wir benötigen keine Polizei. Ja, ich habe eine Vermutung, nein, eigentlich weiß ich wer dahintersteckt. Und ja, ein Kaffee wäre jetzt nicht schlecht. Ich glaube ich spreche da auch für die anderen.", antwortete Duncan auf die Fragen, die an ihn gerichtet waren.

„Gut! Ann?", wand Peter sich an seine Frau. „Wärst du so nett und würdest uns allen einen Kaffee kochen? Ja?"

Als Ann nickte, sprach Peter an die anderen gewandt, weiter. „Ich denke, wir anderen sollten uns daran machen, wieder etwas Ordnung in das Chaos hier zu bringen. Phillip, Thomas wärt ihr so nett und würdet hier unten anfangen?"

Die beiden nickten und begannen sogleich mit der Aufräumaktion im Wohnzimmer.

„Duncan! Du und Sean könnt mir oben helfen, okay?"

Auch Duncan und Sean nickten nur und folgten Peter ins obere Stockwerk. Sie hatten das meiste schon wieder eingeräumt als Anns Stimme durch Haus schallte.

„Der Kaffee ist fertig!", rief sie die anderen zu sich in die Küche.

Als sie nun alle fast gleichzeitig in der Küche ankamen, stand auf dem Esstisch bereits der Kaffee und zu ihrer Überraschung hatte Ann noch zwei Pizzen gemacht, die sie wohl noch im Froster gefunden hatte. Sie setzten sich an den Tisch und während Ann ihnen den Kaffee eingoss, begannen alle die Pizza mit Heißhunger zu verschlingen. Nachdem Ann mit dem Eingießen fertig war, setzte sie sich auch dazu und aß mit.

Nachdem sie dann alle die Pizza aufgegessen und jeder an seinem Kaffee genippt hatte, gab Peter die Aufteilung der Schlafstätten bekannt.

Danach sollten Duncan und Shawn im Gästezimmer der beiden, in dem zwei Betten zur Verfügung standen, untergebracht werden. Während Phillip und Thomas im Wohnzimmer residieren durften. Dazu mussten sie allerdings noch ein Gästebett aus dem Keller holen und im Wohnzimmer aufstellen. Als dies geklärt und die Vorbereitungen dafür abgeschlossen waren, trafen sie sich noch mal in der Küche, um noch einen abschließenden Kaffee zu trinken und begaben sich dann alle sichtlich geschafft zu Bett.

Peter und Ann hatten sich zwar in ihr Bett gelegt, doch sie konnten beide keinen Schlaf finden. Die Überraschung, die der Einbruch für sie dargestellt hatte, war nicht so spurlos an ihnen vorbeigegangen, wie sie es den anderen gegenüber hatten aussehen lassen. Ann kuschelte sich so dicht es nur eben ging an Peter und dieser versuchte tröstend auf sie einzuwirken.

„Siehst du Schatz.", begann er zu reden. „Die Entscheidung erst einmal eine Zeit lang nach Schottland, in den Schutz von Duncan und seinen Männern, zu gehen war die Richtige. So schwer es uns fällt, aber wir würden hier, in der nächsten Zeit, unseres Lebens nicht mehr froh werden."

Er gab ihr einen Kuss und streichelte ihr zärtlich übers Haar und sie kuschelte sich noch dichter an ihn.

„So schwer es auch mir fällt, von hier wegzugehen, aber das, was wir heute erlebt haben, macht es mir leichter und ich hoffe dir auch. Es ist ja nicht für immer. Wenn die Wogen sich geglättet haben, kommen wir wieder zurück."

Ann hob den Kopf ein wenig von seiner Brust und nickte zustimmend. Es war für sie ja auch nicht so kompliziert hier ihre Zelte abzuschlagen, da sie keine Arbeitsverhältnisse kündigen mussten. Sie mussten nur die paar wenige Beratungstermine, die schon vereinbart hatten, absagen und schon waren sie frei. Das war der Vorteil, wenn man als selbstständige Berater arbeitete.

„Ich werde aber trotzdem wenigstens den Eltern einen kurzen Abriss geben und sie sollen dann die anderen informieren, sonst machen die sich Sorgen. Mir geht das alles zu schnell, aber ich weiß, dass es notwendig ist. Das haben die Ereignisse heute bewiesen.", bestätigte ihm Ann. Sichtlich beruhigter fügte sie hinzu: „Lass uns schlafen. Es wird morgen ein anstrengender Tag werden und wir sollten deshalb ausgeschlafen sein. Gute Nacht, mein Schatz. Schlaf gut und träum was Schönes. Ich liebe dich.", mit diesen Worten kuschelte sie sich wieder an Peter und sie schliefen beide danach ziemlich rasch ein.

Ann wollte am nächsten Morgen, nachdem sie aufgestanden war, zuallererst ins Dorf fahren, um dort in der Bäckerei und beim Metzger einige Dinge für ein anständiges Frühstück einzukaufen. Doch Duncan bestand darauf, dass sie dies nicht allein tun sollte. Also wartete sie auf Sean, bis dieser endlich im Bad fertig war. Sie dachte immer das sie morgens lange brauchen würde, aber Sean schlug sie um Längen.

„Du bist ja schlimmer als jede Frau!", sagte sie mit gespielter Verächtlichkeit, als Sean endlich fertig war. „Na hoffentlich hat es sich auch gelohnt."

„Aber sicher doch.", meinte Sean und tänzelte an ihr vorüber, wobei er sie frech angrinste. „Sieh selbst. Es gibt keinen schöneren als mich."

Alle anwesenden fingen lauthals zu lachen an und Peter quittierte seine Vorstellung mit einem süffisanten Grinsen und raunte nur. „Einbildung ist auch eine Bildung!"

Wiederum stimmten alle anwesenden in ein lautes Gelächter ein. Doch Ann dauerte das alles zu lange. Sie ging in Richtung Haustüre und murmelte dabei vor sich hin.

„Kann es sein, dass die alle keinen Hunger haben? Ich schon.", etwas lauter sagte sie dann in Richtung der anderen. „Entweder du setzt dich jetzt in Bewegung Sean oder ich gehe doch allein."

„Bin ja schon da! Bin ja schon da." Entgegnete ihr Sean und eilte hinterher. Ann rief den anderen noch zu, dass sie schon mal Kaffee oder Tee aufsetzen und den Frühstückstisch decken sollten und schon fiel die Türe ins Schloss.

Peter und Duncan kümmerten sich um das Aufgetragene während Phillip und Thomas noch im Bad zugange waren.

Sie waren gerade damit fertig geworden als Ann und Sean auch schon wieder zurückkamen.

Sie setzten sich nun alle gemeinsam an den Tisch in der Küche und nahmen genussvoll schweigend ihr Frühstück zu sich.

Als sie fertig waren, begann Duncan „Sag mal Peter, was hast du gestern Abend gemeint, als du gesagt hast, dass sie mit Sicherheit nichts gefunden haben?“

„Nun das ist so. Wir haben ja das meiste unserer Nachforschungen, wie ihr wisst, auf unseren Laptops abgespeichert. Aber es befinden sich noch eine Sicherungskopie sowie die Originale der Dokumente die wir gefunden und teilweise auch erwerben konnten, hier im Haus und diesen Ort, an welchem wir diese aufbewahren, haben die doch wohl gesucht, aber nicht gefunden. Das habe ich gestern schon nach dem ersten Durchgang festgestellt.“, erklärte Peter und an Duncan gewandt fragte er. "Aber ich habe auch eine Frage an dich Duncan. Wer vermutest du waren die Einbrecher?“

„Es waren entweder die beiden Typen von Edinburgh oder Kollegen von ihnen. Denn ich weiß aus sicherer Quelle, dass sie immer noch hinter euch her sind.", antwortete Duncan.

„Wie du weist es aus sicherer Quelle?", fragte Ann erstaunt nach. „Heißt das etwa ...?"

„Ja, das heißt es.", antwortete Duncan knapp und schaute dabei fragend Phillip und Thomas an.

Phillip sagte daraufhin zu Duncan. „Du kannst reden. Hier im Haus und auch in der näheren Umgebung sind keine Abhörvorrichtungen. Das haben wir schon abgecheckt, Duncan."

Daraufhin fuhr Duncan erleichtert fort. „Wir haben unsere Leute auch dort. Oder was dachtest du? Aber egal. Peter, du solltest die Sachen erst einmal dort lassen, wo sie sich im Augenblick befinden, denn da sind sie sicher. Wir aber müssen uns jetzt schnellstens an die Dinge machen, weswegen wir hier sind. Phillip und Thomas, ihr beiden begleitet Ann zu ihren Bankgeschäften und ihrem Makler. Sean und ich selbst kümmern uns mit Peter um den Rest okay? Seit mir bloß vorsichtig. Wir sehen uns heute Abend wieder hier. Sollte irgendetwas Unvorhergesehenes passieren, dann setzt euch mit uns unverzüglich in Verbindung. Los gehts."

Peter, Duncan und Sean machten sich mit einem der beiden Fahrzeuge von Peter und Ann auf, um die Überführung des Hausstandes in die Wege zu leiten. Sie hatten zuvor verschiedene Firmen abtelefoniert und fuhren nun zur Ersten der beiden infrage kommenden, um vorab persönlich einen Eindruck zu bekommen. Als sie dort ankamen und sahen wie die Fahrzeuge, die auf dem Hof standen, aussahen, hielten sie zum ersten Mal die Luft. Nachdem sie ins Gebäude eintraten und ein Blick auf die Büroeinrichtung und die beiden Angestellten, oder wer immer sie waren, geworfen hatten, machten sie wie auf Kommando auf dem Absatz kehrt und verließen auf dem schnellsten Weg wieder das Gebäude und das Gelände der Firma.

Als sie wieder an Peters Fahrzeug angekommen waren, schauten sie sich angewidert an.

„Mein Gott, was für ein herunter gekommener Laden!",
machte Peter seinem Unmut Luft. „Jetzt weiß ich auch,
warum die den Auftrag um jeden Preis haben wollten.
Lass uns die andere Umzugsfirma anschauen bitte."

Mit flehendem Blick schaute er zu Duncan und Sean.
Die beiden grinsten breit und Duncan antwortete Peter
triumphierend. „Ich habe dir doch gesagt, dass wir uns
die erst gar nicht anschauen müssen, aber du wolltest ja
unbedingt. Wir hätten gleich zur anderen fahren sollen.
Hier haben wir nur unnötig Zeit vergeudet."

Also machten sie sich auf, um die andere Firma aufzu-
suchen und wenn möglich gleich den Vertrag mit ihnen
zu machen. Schließlich wollten sie am besten schon
morgen die Umzugswagen vor der Tür haben.

Die Firma machte von außen einen sehr soliden Eindruck und sie bekamen auch gleich einen Termin beim
Geschäftsführer, mit welchem sie dann die Modalitäten
besprachen. Diese waren schnell geklärt und er sicherte
ihnen zu, dass es in zwei Tagen losgehen könne. Schneller würde es beim besten Willen nicht gehen.

Das war zwar nicht ganz das, was sie sich vorgestellt hatten, doch sie wollten auch nicht weitersuchen und so schloss Peter den Vertrag mit ihm ab. Peter fragte ihn dann noch nach Umzugskartons, denn sie wollten die zusätzliche Zeit nutzen, um so viel wie möglich vorzubereiten, damit die Verladung dann übermorgen zügig über die Bühne gehen konnte. Sie bekamen ihre Kartons und nachdem sie diese dann verstaut hatten, machten sie sich auf den Rückweg.

Während dessen hatte Ann ihrem Makler den Auftrag erteilt, ihr Haus zum nächstmöglichen Zeitpunkt zu vermieten. Denn verkaufen wollten sie es nicht. Sie wussten ja nicht, ob und wenn ja, wann sie wieder zurückkehren würden, und außerdem würde sich ein Verkauf höchst wahrscheinlich in der Kürze der Zeit eher schwierig gestalten. Deshalb war dies die bessere Lösung.

Als sie dies geklärt hatte, begab sie sich immer mit Phillip und Thomas im Schlepptau zu ihrer Bank, um auch dort alles Notwendige in die Wege zu leiten. Als sie auf dem Parkplatz der Bank angekommen waren und Ann in diese gegangen war, stieß Thomas Phillip plötzlich an und raunte im zu. „Siehst du den schwarzen Fiat dort drüben."

Er deutete unauffällig zur anderen Straßenseite, wo in einer Parkbucht ein schwarzer Fiat Punto, in dem zwei Personen saßen, stand. Phillip nickte.

„Der verfolgt uns schon die ganze Zeit. Ich glaube, wir stehen unter Beobachtung."

„Ich werde Duncan anrufen und in Fragen, ob wir etwas unternehmen sollen, okay? Möglicherweise werden auch sie beobachtet und haben es noch nicht bemerkt. Ich halte das für sogar sehr wahrscheinlich, sonst hätte er sich schon bei uns gemeldet. Bin gleich wieder da. Halte du die Stellung Thomas."

Er ging ein paar Schritte über den Parkplatz, um aus dem Sichtbereich der anderen zu gelangen und wählte Duncans Nummer. Ein paar Minuten später war er wieder zurück und teilte Thomas das Ergebnis des Telefonats mit.

„Wir sollen nichts unternehmen. Sie stehen auch unter Beobachtung und Duncan meinte, er werde sich mit Sean darum kümmern. Wir dagegen sollen vielmehr mit Ann alles erledigen, was noch zu erledigen ist und zurück zum Haus fahren. Bis dahin würde er dann mehr wissen."

Er hatte gerade ausgesprochen als Ann auch schon wieder aus der Bank kam.

Ohne ihr etwas von ihrer Entdeckung zu berichten, machten sie sich auf den Weg die restlichen Besorgungen zu erledigen.

Gerade in dem Moment als Duncans Telefon klingelte machte Sean ihn auf das Fahrzeug aufmerksam, welches ihnen schon seit geraumer Zeit folgte. Duncan nahm unterdessen das Gespräch an. Nach einigen Minuten beendete er es wieder und setzt seine beiden Begleiter grinsend über den Inhalt des Gespräches in Kenntnis.

„Das war Phillip. Er hat mir gerade erzählt, dass sie unter Beobachtung stünden. Er wollte wissen, ob sie etwas unternehmen sollten und ob wir auch verfolgt würden. Was ich ihm geantwortet habe, habt ihr ja gehört, nicht wahr."

„Ja, und... Was denkt der Herr, was wir jetzt tun sollten?", fragte Peter mit einem leicht sarkastischen Unterton.

„Wir? Wir gar nichts. Sean und ich werden etwas unternehmen. Du hältst dich da raus. Das ist viel zu gefährlich.", gab Duncan ihm zurück. „Aber wir warten noch bis wir wieder bei euch zu Hause sind. Ich glaube ich habe da eine Idee. Wenn wir wieder bei euch sind, müssen wir zuerst abwarten, wo sich die Heinis hinstellen. Wir werden aber trotzdem zuerst alle ins Haus gehen. Dann besprechen wir alles Weitere. Also auf nach Hause Peter, gib Gas!"

Ein paar Minuten später kamen sie am Haus von Peter und Ann an. Wie besprochen gingen sie alle hinein. Duncan riskierte noch einen Blick zurück, um den genauen Standort ihres Verfolgers festzustellen zu können.

Sie hatten kaum die Haustüre hinter sich gelassen, wies er Sean an, ins obere Stockwerk zu gehen, um vom

Fenster im Gästezimmer aus diesen zu beobachten. Er sollte ihm über jede Bewegung der Typen Auskunft geben. Zu Peter sagte er, er solle sich nicht von der Stelle bewegen. Duncan selbst verlies über die Terrassentür wieder das Haus. Er ging durch den Garten zu der kleinen Gartentür. Von dort aus nahm er den kleinen Fußpfad zwischen dem angrenzenden Feld und den Gärten der Reihenhäuser nach links auf die Hochhäuser zu. Dort, so hatte er ausgemacht, führte eine kleine Seitenstraße wieder zurück auf die Straße, in der sich das Haus von Peter und Ann befand. Bevor er dort ankam, überprüfte er, ob der Elektroschocker, den er und seine Freunde für solche Fälle immer mit sich führten, sich noch in seiner Jackentasche befand.

Nachdem er dies getan hatte, atmete er nochmals tief durch und machte sich, als er sicher war, dass diese ihn noch entdeckt hatten, von hinten an das Fahrzeug ihrer Verfolger heran.

Sean beobachtete indessen die ganze Szenerie sehr aufmerksam, um im richtigen Moment eingreifen zu können.

Die beiden Verfolger waren allerdings so vertieft in ihre eigene Beobachtungstätigkeit, dass sie nicht bemerkten, wie das Unheil von einer für sie völlig unerwarteten Seite über sie hereinbracht. Vielleicht aber waren sie sich auch nur ihrer Sache zu sicher gewesen.

Duncan riss mit einem Ruck die Beifahrertür des Wagens auf und noch bevor sich die beiden auch nur bewegen konnten, hatte er sie mit seinem Schocker auch schon außer Gefecht gesetzt. Duncan stieg wieder aus dem Fahrzeug und winkte mit einer kurzen Geste Sean zu sich heran. Gemeinsam banden sie den Fahrer am Lenkrad seines Fahrzeuges fest, danach brachten sie den zweiten der vermeintlichen Agenten der anderen Seite in das kleine Gartenhaus von Peter.

Dort kam er langsam wieder zu sich. Als er nun wieder vollends bei Bewusstsein war, musste er feststellen, das er seine Zielobjekte vollkommen unterschätzt hatte. Er saß die Hände hinter dem Rücken fest verzurrt auf einem Gartenstuhl und vor ihm standen die drei Männer, die er noch bis vor Kurzem bespitzelt hatte. Der Mittlere von ihnen begann nun zu sprechen.

„Guten Morgen, Mister Superagent. Keine Angst, Ihnen wird nichts geschehen. Wir haben Sie nur hierher eingeladen, um ein paar Dinge zu klären.", sagte Duncan zu dem Herrn vor ihm, dessen Angst er förmlich riechen konnte.

„Sie brauchen uns auch nicht zu sagen, wer Sie sind und was Sie von uns wollen. Denn das wissen wir bereits. Das Einzige was Sie tun müssen ist: Richten Sie Kardinal Belli aus, dass er verloren hat. Er soll die beiden in Ruhe lassen. Sie stehen unter unserem Schutz. Alles, was er von ihnen will, ist bereits sicher bei uns verwahrt. Haben Sie das verstanden?"

Duncan war immer lauter geworden und zum Schluss hatte er die arme Kreatur vor sich sogar angebrüllt. Dieser war so eingeschüchtert, dass er nur noch ängstlich nicken konnte. Daraufhin warf Duncan ihm seine Brieftasche und seinen Ausweis, der ihn als Angehörigen des Vatikans auswies, vor die Füße und bezeichnete Sean in loszubinden. Als er wieder frei war, ließen sie ihn seine Sachen an sich nehmen und brachten ihn zur Tür. Sie waren gerade im Flur angekommen, als Ann,

Phillip und Thomas zur Haustüre hereinkamen. Diese staunten nicht schlecht als sie den Fremden sahen.

„Später" raunte Duncan nur, als er mit jenem an ihnen vorbei hinaus auf die Straße ging. „Ach ja, nehmen sie auch ihre Kollegen dahinten auch mit."

Er deutete dabei auf den schwarzen Punto der ein paar Häuser weiter stand. „Und lassen Sie sich hier nicht mehr blicken! Weder sie noch irgendein anderer aus Ihrem Verein."

Dann drehte er sich um und ging zurück ins Haus. Dort angekommen musste er nichts mehr sagen. Peter und Sean hatten die anderen schon über die Ereignisse in Kenntnis gesetzt. Als dann die Türe ins Schloss viel, begannen sie lauthals loszulachen.

Den Rest vom Tag verbrachten sie mit dem Packen der Umzugskartons.

Kapitel 7

Am nächsten Morgen kamen sie alle, obwohl sie es sich fest vorgenommen hatten, nur sehr schwer aus den Federn. Sie hatten bis spät in die Nacht noch Kartons gepackt und dabei nochmals die Ereignisse des Vortages Revue passieren lassen.

Besonders Peter und Ann hatte es schwer mitgenommen. Sie konnten sich immer noch nicht damit arrangieren, dass ihre Recherchen solch einen Wirbel ausgelöst haben sollen.

Duncan versuchte ihnen zu erklären, dass sie zwar nicht die Ersten waren, die zu diesem Thema Nachforschungen angestellt hatten. Es aber nur wenige gegeben hatte, die es in seiner ganzen Komplexität erfasst hatten.

Die meisten von denen, die es getan hatten, taten es für die eine oder andere offizielle Fakultät oder Einrichtung und wurden später dann zensiert. Sodass nur jenes an die Öffentlichkeit gelangen konnte, was dorthin auch gelangen sollte und durfte.

Die wenigen anderen, wie sie wurden auf dieselbe Art und Weise eingeschüchtert, wie es nun auch bei ihnen versucht worden war, und stellten daraufhin ihre Nach-forschungen von alleine ein oder wurden auf die eine oder andere Weise mundtot gemacht.

Entweder sie verschwanden auf mysteriöse Art oder sie wurden Opfer von Unfällen oder Ähnlichem.

Bei ihnen jedoch gab es da aber noch ein weiteres De-tail, welches die Sache ein klein wenig verkompliziert hatte.

Denn in der Regel wollten auch sie selbst nicht, dass diese Dinge an die Öffentlichkeit gelangten. Darin wa-ren sie sich mit dem Vatikan einig gewesen und es gab sogar eine Art stillschweigendes Abkommen, diesbezüg-lich.

Doch eben dieses Detail veranlasste seine Organisation nun, ihre schützenden Hände über sie zu halten. Er sagte ihnen, dass er über dieses Detail zu diesem Zeit-punkt aber noch nicht reden konnte und auch nicht durfte. Sie würden aber alles bei ihrer Rückkehr nach Schottland von seinem Onkel erfahren. Es habe jedoch, wie sie schon wussten, mit ihren Namen zu tun.

Zum Schluss meinte Duncan noch, dass sie sich keine Sorgen mehr machen müssten. Worauf Peter und Ann dann auch wieder etwas ruhiger zu werden schienen.

Sie hatten sich nun endlich mit einer Stunde Verspätung in der Küche eingefunden und teilten bei einer Tasse Kaffee die restlichen Aufgaben für die Verpackungsaktion ein und machten sich daraufhin an die Arbeit.

Sie kamen gut voran und hatten zum Mittag aufgrund der guten Vorarbeit vom Vortag bis auf ein paar Kleinigkeiten alles verpackt. Sie saßen bei einer Pizza, die Ann geordert hatte, zusammen ihn der Küche und unterhielten sich.

„Sag mal Peter?", fragte Duncan an Peter gewandt. „Ich habe gesehen, dass es hier einen Keltenmuseum gibt. Ist es interessant? Wenn ja dann würde ich es mir gerne ansehen. Wir haben das meiste ja geschafft und noch genug Zeit übrig. Ich denke ein wenig Kultur und Entspannung kann uns auch nicht schaden."

Meinte er an die anderen zu gewandt. Diese nickten eifrig zustimmend.

Peter antwortete. „Ja natürlich können wir uns das Museum anschauen, wenn wir hier fertig sind. Interessant ist es allemal, denn hier in der Gegend befand sich einstmals ein großes keltisches Zentrum, bevor die Römer es zerstörten. Wenn ihr also wirklich Lust darauf habt, es zu sehen, gehen wir hin. Ann und ich können euch auch noch das eine oder andere darüber erzählen, wenn ihr möchtet."

Sie machten sich daraufhin wieder an die Arbeit, und als sie dann die letzten Reste verpackt hatten, begaben sie sich auf den Weg zum Museum. Peter und Ann brachten sie zuerst zu dem Grabhügel des Fürsten von Hochdorf. Welcher von den Archäologen, nachdem die Ausgrabung beendet war, wieder in seiner ursprünglichen Form hergestellt worden war. Sie überredeten Duncan und die anderen dazu, mit ihnen gemeinsam diesen zu besteigen. Als sie oben ankamen, waren sie erstaunt über den Ausblick, der sich ihnen bot.

Er war herrlich und dass, obwohl der Hügel nicht sonderlich hoch war. Peter zeigte ihnen den Hohen Asperg auf dem sich einstmals eine keltische Festung befunden hatte.

Von dieser aus hatten die keltischen Fürsten, zu denen jener zählte, auf dessen Grab sie geradestanden, die Region regiert und verteidigt.

Peter und Ann erzählten ihnen noch ein paar andere Dinge, die sie mit der Zeit herausgefunden hatten. Und er gab dann noch die Geschichte von seiner ersten Begegnung mit dem Fürstengrab zum Besten und bevor sie wieder heruntergingen, um das eigentliche Museum zu besuchen, sagte Peter leise zu Duncan, als dieser an ihm vorging. „Hier hat alles angefangen, genau hier."

Duncan sah Peter nachdenklich an und antwortete ebenso leise und kurz. „Ich kann es verstehen. Glaub mir, ich kann es verstehen."

Unten angekommen machten sie sich dann endlich auf den Weg zum eigentlichen Museum. Duncan und die drei anderen fanden die Exkursion äußerst spannend und hatten sichtlich ihren Spaß daran, sodass sie den Rest des Nachmittags dann dort verbrachten. Peter und

Ann erklärten das eine oder andere, und nachdem sie das Museum dann wieder verlassen hatten, zeigten sie den vieren noch ein wenig die Umgebung. Als sie dann am Abend wieder zurück zum Haus von Peter und Ann kamen, ließen sie diesen dann bei einem Glas Wein ausklingen. Sie ließen den Tag nochmals Revue passieren und beschlossen, an diesem Abend früher zu Bett zu gehen, da sie zum ersten alle sehr müde waren und zum zweiten am nächsten Morgen die Umzugsfirma sehr zeitig anrücken wollte. So kam es, das sie nach einem weiteren Glas Wein einer nach dem anderen, in ihren Schlafstätten verschwanden.

Die Umzugsfirma stand pünktlich um 7.00 Uhr vor der Tür und nach kurzer Rücksprache mit Peter und Ann fingen die Männer auch gleich damit an die Möbel und Kartons in die Container auf dem Lkw zu verladen. Währenddessen luden Duncan und die anderen ihre Koffer und die Verpflegung für die Fahrt in die Autos von Peter und Ann.

Zu Peter hatte Duncan gesagt, dass es nun an der Zeit wäre, ihre restlichen Unterlagen und Dokumente aus dem Versteck zu nehmen und ebenfalls im Auto zu verstauen. Peter begab sich daraufhin hinauf ins Gästebad, wo er eine der Fliesen aus der Sockelleiste hinter der Toilette nahm. Dahinter befand sich im Mauerwerk ein gelassen ein Hohlraum. Er griff hinein und brachte sogleich eine Metallschatulle zum Vorschein, die der eines Bankschließfaches glich. Er öffnete sie und entnahm ihr ihren wertvollen Inhalt. Anschließend schob er die Schatulle wieder zurück in ihr Versteck und brachte dann sorgfältig wieder das Stück Fliese vor diesem an. Danach ging er mit den Unterlagen zurück zu den anderen.

Als dann die Möbelpacker ihre Arbeit beendet hatten, verabschiedeten sie sich von ihnen und wünschten ihnen eine gute Fahrt. Sie selbst brachten, nachdem sie nochmals alles kontrolliert und das Haus verschlossen hatten, die Schlüssel zum Makler von Peter und Ann und begaben sich dann ihrerseits auf die Fahrt nach Zeebrügge von wo aus sie dann mit der Fähre direkt nach Rosyth, einem Hafenort bei Edinburgh übersetzten. Von dort aus fuhren sie direkt zum neuen Haus von Peter und Ann nach Rosslin und warteten auf die

Ankunft der Container mit den Möbeln der beiden. Einen halben Tag später kamen diese dann auch zusammen mit Allister und seinen Leuten an und wiederum ein paar Stunden später standen diese dann auch an ihren neuen Plätzen im Haus. Die Kartons waren alle ausgepackt und deren Inhalt in den passenden Schränken verstaut.

Peter und Ann waren genauso wie alle anderen völlig erschlagen und dankbar, als Duncan ihnen eröffnete, dass sie nun erst einmal zwei, drei Tage Ruhe haben würden, um sich in ihrer neuen Umgebung zu akklimatisieren.

Er und die anderen verabschiedeten sich von ihnen und Duncan teilte ihnen noch mit, dass er sich bei ihnen in den nächsten Tagen melden würde. Und dann kehrte endlich ein wenig Ruhe ein, die Peter und Ann sichtlich genossen.

Unterdessen hatte in Rom auch Kardinal Belli von seiner endgültigen Niederlage erfahren. Als er von seinen Leuten die Nachricht erhalten hatte, dass die beiden

Deutschen wohl sehr massiven Schutz von seinen Gegenspielern bekommen hatten, schäumte er über vor Wut und Enttäuschung. Er hatte sich jedoch schnell wieder beruhigt und erneut ein Treffen des Konzils der wahren Macht einberufen, bei dem, obwohl nicht zugehörig, wiederum Kardinal Le Clerc anwesend war.

Das nächtliche Treffen fand in derselben Villa im toskanischen Stil vor den Toren Roms statt wie das letzte. Nachdem alle Mitglieder eingetroffen waren, berichtete Belli, dass auch der letzte Versuch, sich der Unterlagen der beiden Zielpersonen oder der Zielpersonen selbst zu bemächtigen, fehlgeschlagen sei. Da der Schutz, den die Gegenseite ihnen angedeihen ließ, aus welchen Gründen auch immer, sehr viel größer gewesen war als vermutet.

Des Weiteren denke er aber, dass es wohl nicht zu einer Verbreitung in der Öffentlichkeit käme, da auch die Gegenseite kein Interesse daran hätte. Denn dies habe sich in der Vergangenheit schon einige Male gezeigt.

Einige andere Mitglieder des Konzils schienen jedoch diesmal nicht der Meinung von Belli zu sein und taten dies auch offen kund. Sie warfen ihm Unfähigkeit und Verrat an ihrer Sache vor. Sie wiesen ihn auf Veröffentlichungen verschiedener Autoren von Büchern in der letzten Zeit hin, die zwar alle nicht sehr konkret waren, aber dennoch für einigen Wirbel und Diskussionen gesorgt hätten. Wenn denn nun die Erkenntnisse dieser beiden dazu kämen, wäre das wohl der Anfang vom Ende des Konzils und wahrscheinlich auch der römischen Kirche, wie sie heute existierte.

Kardinal Belli versuchte nochmals, wider besseres Wissen, die Unkenrufe zu beschwichtigen. Es gelang ihm nicht völlig und zum Schluss musste er einsehen, dass das Vertrauen seiner Mitstreiter in ihn nicht mehr in einem für ihn ausreichenden Maß vorhanden war. Er beschloss deshalb, den Vorsitz des Konzils abzugeben und gleichzeitig die Leitung des Geheimdienstes an den anwesenden Kardinal Le Clerc zu übergeben.

Seinen Rückzug aus dem Vorsitz verkündete er am Ende der Sitzung und gab somit den anderen Mitgliedern die Möglichkeit, sich über einen Nachfolger auszutauschen. Doch was auch zu erwarten war, konnten diese sich nicht einig werden und beschlossen, an einem anderen Termin darüber abzustimmen. So zerstritten löste sich die Versammlung endgültig auf. Als Belli dann mit Le Clerc alleine war, teilte er diesem seinen Entschluss mit, die Leitung des Geheimdienstes an ihn zu übergeben. Le Clerc tat, als wäre er überrascht ob der Offerte seines Gegenübers, aber nicht Unwillens, sich dessen Willen zu beugen. Doch knüpfte er die Bedingung daran, sein jetziges Amt weiter führen zu dürfen. Belli sicherte Le Clerc zu, alles Notwendige in die Wege zu leiten und dann verlies auch dieser ihn.

Le Clerc wandte sich um und ging zur Türe hinaus. Kaum als er draußen war, erschien ein triumphierendes Lächeln auf seinem Gesicht. Denn er wusste, dass das Konzil der wahren Macht nun entscheidend an Einfluss verloren hatte. Endlich! Auf diesen Tag hatten er und die Prieure, lange hingearbeitet und nun war er endlich da.

Er beschloss, seinen Triumph bei nächster Gelegenheit gebührend zu begehen. Des Weiteren musste er Sir

Sinclair über die letzten Entwicklungen schnellstens in Kenntnis setzen.

Nun endlich war die Zeit gekommen. Er konnte jetzt diesem unsäglichen Konzil das Handwerk legen. Er würde zuerst, wie mit seinen Mitstreitern vereinbart, die Köpfe dieser Vereinigung diskreditieren und sie damit zum Rückzug aus ihren Ämtern zwingen und dann konnte er sich daran machen, deren Handlanger, die sie überall hatten, mit Hilfe seiner Freunde auszuschalten. Nun endlich würde der Tag hoffentlich nicht mehr fern sein, auf den sie so lange gewartet und hingearbeitet hatten. Nun endlich würde sich die Prophezeiung erfüllen.

Mit diesen Gedanken und sichtlich gut gelaunt begab er sich zu seiner Unterkunft.

Peter und Ann hatten die letzten beiden Tage dazu genutzt, um die restlichen Möbel an ihren Platz zu stellen und die letzten Kartons auszuräumen. Nachdem sie es sich ihn ihrer neuen, vorübergehenden Heimat so schön und wohnlich gemacht hatten wie nur irgend möglich, beschlossen sie, die nähere Umgebung zu erkunden.

Die Menschen hier waren freundlich und aufgeschlossen ihnen gegenüber. Was nicht weiter verwunderlich war, da diese genau wussten, wer sie waren. Doch das machte auch vieles einfacher. Der einzige Wermutstropfen war, dass er seit der ersten Nacht im neuen Zuhause immer wieder von einem merkwürdigen Traum heimgesucht worden war.

Der Traum begann damit, dass er in einem großen klosterähnlichen Gebäude war. Es musste das Hauptquartier der Templer in Paris sein, so kamen sie überein, als sie das erste Mal darüber gesprochen hatten.

Es waren noch andere Personen dabei, die alle wie Templer gekleidet waren. Es herrschte ein geschäftiges Treiben, denn es wurden Truhen mit Gold und Schmuck, aber auch Büchern und Schriftrollen eiligst aus dem Gebäude geschafft und auf Fuhrwerke verladen. Er und noch ein paar weitere Personen fuhren, nachdem alles verladen war, ziemlich gehetzt und überstürzt von dort ab.

Sie fuhren bei Nacht und Nebel in schneller Manier nach Norden an die Küste, wo sie, als sie an einem Hafen angekommen waren, alles auf Schiffe verluden, die dort schon auf ihren Treck gewartet hatten. Als alles verladen und er und die anderen Männer an Bord gegangen waren, legten die Schiffe ab.

An dieser Stelle war er dann völlig verschwitzt und verstört aufgewacht.

Sie wussten beide, dass es sich um die Flucht eines Teiles der Templer handelte, die zusammen mit dem Schatz jener einige Tage vor der groß angelegten Verhaftungsaktion Phillips des IV von Frankreich verschwunden waren.

Einen rechten Reim darauf, was das bedeuten sollte, konnten sie allerdings noch nicht machen. Deshalb beschlossen sie, vorerst mit niemanden darüber zu reden.

Am Morgen des dritten Tages nach ihrer Ankunft in Rosslin klingelte dann das Telefon. Peter nahm den Hörer ab und hoffte insgeheim, dass es Duncan war.

Peter hatte sich kaum gemeldet, als es aus seinem gegenüber auch schon heraussprudelte.

„Hallo Peter! Ich hoffe, ihr hab euch schon ein wenig eingelebt. Ich habe jetzt leider nicht viel Zeit. Ich möchte euch nur mitteilen, dass ihr für heute Nachmittag einen Termin mit Onkel William habt. Ich werde euch so gegen 14.00 Uhr abholen. Also bis dann, bye."

Noch ohne die Antwort von Peter abzuwarten, legte Duncan auf und Peter schaute verdutzt den Hörer an. Dann rief er Ann zu, dass es Duncan gewesen war, der angerufen hatte und dass dieser sie heute Mittag um 14.00 Uhr abholen würde. Sie beschlossen daraufhin, nicht wie vorgesehen zur Rosslyn Chapel zu fahren, sondern das schöne Wetter auszunutzen, um sich noch ein wenig in ihrem neuen Garten zu entspannen.

Kapitel 8

Um Punkt 14.00 Uhr stand Duncan vor der Tür, um die beiden abzuholen. Da Sie ihn schon erwartet hatten brauchte er noch nicht einmal zu klingeln, denn Sie kamen ihm schon entgegen. Sie stiegen ins Auto und Duncan machte sich mit ihnen auf den Weg zu ihrer Verabredung.

Die beiden saßen kaum auf ihrem Sitz als Duncan sie begrüßte. „Hallo ihr beiden. Seid ihr schon aufgeregt? Braucht ihr nicht zu sein. Ihr werdet nur ein paar Informationen bekommen, auf die ihr schon eine Weile gewartet habt.", begann er das Gespräch und lachte.

„Gerade deshalb sind wir ja etwas nervös, du Scherzkeks!", entgegnete ihm Ann daraufhin und lachte ebenfalls.

„Wohin fahren wir?", wollte Peter wissen.

„Lasst euch überraschen.", orakelte Duncan. „Es wird nicht lange dauern. Ihr werdet überrascht sein. Übrigens, nicht das letzte Mal heute. Vertraut mir, ihr werdet heute, glaube ich, noch einige Male staunen.", machte er, mit einem geheimnisvollen Lächeln im Gesicht, weiter. „So, aber ich glaube ich halte jetzt besser meinen Mund. Ihr werdet es ja gleich selbst erleben.", beendete er seine Ausführungen und freute sich diebisch darüber, dass er die beiden so neugierig gemacht hatte.

Den Rest des Weges fuhren sie, ohne ein weiteres Wort zu wechseln. Peter und Ann sah man an, dass sie vor Aufregung fasst, platzten. Als Duncan den Wagen nach kurzer Fahrt dann anhielt, sah er im Rückspiegel, die vor Erstaunen weit geöffneten Augen der beiden und grinste abermals.

Sie standen vor Rosslyn Chapel und sie fragten sich, ob Duncan sie verschaukeln wollte, doch sie kamen nicht dazu, ihn danach zu fragen.

Duncan war bereits ausgestiegen und bedeutete ihnen ebenfalls auszusteigen. Sie verließen also das Fahrzeug und folgten ihm, nachdem dieser das Auto abgeschlossen hatte, in die Kapelle.

Sie durchquerten diese und gingen über eine Treppe hinunter in die Katakomben der Kapelle. Dort war in einem Raum eine weitere Öffnung im Boden.

Diese war ihnen bei ihrem letzten Besuch hier nicht aufgefallen. Oder war sie gar nicht da gewesen? Doch sie kamen abermals nicht dazu weiter darüber nachzudenken, geschweige denn bei Duncan nachzufragen. Denn dieser bedeutete ihnen nochmals ihm zu folgen.

Also gingen sie mit ihm über die schmale, leiterähnliche Treppe hinterher und gelangten so in einen weiteren Raum, in dem nur zwei oder drei Petroleumlampen ein schwummriges Licht erzeugten.

Der Raum war zwar nicht sonderlich groß, aber dennoch groß genug, um ein paar Regale mit alten, sehr alten Büchern und einen Tisch zu beherbergen. An diesem Tisch saß bereits Sir William Sinclair und wartete schon sichtlich ungeduldig auf sie.

„Herzlich willkommen meine Lieben herzlich willkommen! Ich habe gehört, dass sie sich in ihrem neuen Zuhause schon ein wenig eingelebt haben.", begrüßte er Peter und Ann herzlich und diese nickten nur.

Ihre innere Anspannung war nun sichtlich auf dem Höhepunkt angelangt. Sir Sinclair bemerkt dies und fuhr fort. „Das freut mich. Doch ich habe sie nicht hierher gebeten, um mit ihnen ein paar Freundlichkeiten auszutauschen. Wie sie schon bemerkt haben, befinden sie sich in einem geheimen Raum unter der Kapelle von Rosslin. Warum ich sie ausgerechnet hierher habe bringen lassen, werden sie im Laufe meiner Ausführungen noch erfahren. Ich werde ihnen nun zuerst ein paar Informationen über uns geben, bevor ich sie dann über die Ergebnisse unserer Nachforschungen zu ihren Familien unterrichte. Diese Informationen über uns und unsere Organisation, genauso wie das, was sie selbst schon in Erfahrung gebracht haben, werden sie benötigen, um verstehen zu können, wie alles zusammenhängt. Doch bevor ich beginne! Haben sie noch einen Wunsch? Möchten sie etwas zu trinken?"

Er lächelte die beiden an und bot ihnen einen Platz an. Sie setzten sich und Duncan stellte jedem ein Glas Wasser hin. Dann nahm auch er Platz. Nachdem nun Sir Sinclair seinerseits Platz genommen und einen Schluck aus seinem Glas genommen hatte, fuhr er fort.

„Einiges von dem, was sie in den nächsten Stunden sehen und hören werden, wird neu für sie sein, anderes haben sie wahrscheinlich vermutet und wieder anderes wussten sie bereits. Doch erst alles zusammen wird sie wirklich verstehen lassen. Aber wie dem auch sei! Danach werden sie vieles mit anderen Augen sehen." Er machte eine bedeutsame Pause und begann dann von Neuem. „Ich bin Großmeister des Ordre du Temple oder wie sie in Deutschland sagen würden des Templerorden."

Peter atmete tief durch und es entfleuchte ihm ein „Ich habe es gewusst"

Er schüttelte dabei heftig den Kopf „Ich habe es gewusst."

Ann hin dessen stammelte nur. „Aber............Aber"

Sir Sinclair fuhr unbeeindruckt ob der Reaktionen der beiden fort. „Ja, die Templer existieren noch immer. Auch wenn oder gerade, weil die öffentliche Meinung eine andere war und ist. Doch wie sie sich denken können, war und ist dies unsere Absicht gewesen. Wir wollten in Ruhe zusammen mit der Prieure de Sion und ein paar anderen verbündeten Organisationen, wie unter anderem den Deutschherren, an unserer Vision von einem, nach keltischem Vorbild, geeinten Europa arbeiten."

Er beobachtete Peter und Ann, während er sprach und stellte fest, dass die Überraschung der beiden immer größer wurde.

„Aber nun von Anfang an. Sie haben bei ihren Recherchen schon einiges zusammengetragen, was wir nur bestätigen können. Sie haben die Zusammenhänge zwischen den Merowingern und der Blutlinie von Jesus und Maria Magdalena größtenteils richtig erfasst. Doch die Verbindung der beiden Geschlechter fand erst mit Dagobert II. statt. Der, wie sie wissen, von seinem Hausmeier Pippin II. hinterhältig und mit Unterstützung der römischen Kirche ermordet wurde. Doch wurde mit Dagobert nicht, wie es in den Geschichtsbüchern steht, die ganze Familie getötet. Die Linie von Dagobert besteht bis heute fort. Was wiederum richtig ist das dann mit Pippin III., dem Sohn von Karl Martell, die Dynastie der Karolinger begründet wurde. Diese konnten aber nur durch den Bruch des Paktes, der zwischen Chlowig I. und der römischen Kirche geschlossen worden war, herrschen. Die römische Kirche ihrerseits konnte durch diesen Verrat ihre Vormachtstellung weiter festigen. Hätten sie diesen Verrat nicht begangen, wäre wohl vieles nicht so gekommen, wie es letztendlich dann gekommen ist. Denn die Merowinger, schon unter Merowech selbst, wollten in Europa wieder einen Völkerbund konsolidieren, wie er schon vor dem Einfall der Römer unter Cäsar bestand. Denn sie waren ja selbst als keltischer Volksstamm ein Teil davon gewesen. Sie teilten die Ansichten der römischen Kirche, die hauptsächlich mit denen des untergegangen römischen Reiches identisch waren, nicht."

Peter unterbrach an dieser Stelle Sir William und warf ein. „Das ist alles sehr interessant, was sie da erzählen, aber was hat das mit uns zu tun. Sie haben doch unsere Unterlagen gesichtet. Also kommen sie endlich auf den Punkt."

Sir William hob beschwichtigend die Hand und schaute in nachsichtig an und fuhr dann fort. „Ich hole deshalb so weit aus um ihnen ein besseres Verständnis dessen zu ermöglichen was sie noch erfahren werden. Also darf ich mit meinen Ausführungen fortfahren?", stellte er die Frage, etwas erheitert, in die Runde.

Als er von allen die Zustimmung mittels Kopfnickens erhalten hatte, begann er von Neuem.

„Dieser Verrat markiert für uns heute den Beginn des dunklen Zeitalters. Danach entspann sich ein Kampf zwischen der römischen Kirche und den Nachfahren der Merowinger sowie der Blutlinie von Jesus. Die römische Kirche tat alles daran, um diese beiden Geschlechter auszumerzen und leugnete ihre Existenz vehement. Des Weiteren vernichtet sie viele Dokumente und andere Beweise, die die Existenz einer Blutlinie von Jesus belegen konnten. Vieles von dem, was in dieser Zeit im Namen Gottes geschah, ist in den Geschichtsbüchern überliefert. Aber die Hintergründe werden tunlichst verschwiegen. Mit der Zeit allerdings gelangten die Mitglieder der beiden Geschlechter wieder zu mehr

Einfluss und konnten so zu einer machtvollen Gegen-
bewegung im Geheimen werden. Die schließlich so viel
Macht erlangt hatte, dass sie mit den Templern offen-
kundig wurde. Also beschloss die römische Kirche wiederum, sich auch der Templer zu entledigen, indem sie,
was zur damaligen Zeit weit aus einfacher war als heute
sie in der Öffentlichkeit als Ketzer, Hexer und Verbün-
dete des Satans diskreditierten. Dies gipfelte schließlich
mit dem Bund zwischen Philip IV. von Frankreich, der
es auf die Schätze der Templer abgesehen hatte und
Papst Clemens V. Der zur Folge hatte das die Templer
verfolgt, inhaftiert und gefoltert wurden. Der Templer
Orden wurde offiziell aufgelöst und ihr letzter Großmeister Jacques de Molay, mit einigen seiner engsten
Vertrauten, an einem Freitag, dem 13., öffentlich ver-
brannt. Doch was viele nicht wussten, war und ist, dass
die Templer das meiste ihres Schatzes und ihrer Unterlagen retten konnten und im Untergrund weiter existier-
ten. Sie arbeiteten weiter unter vielen verschiedenen
Namen wie zum Beispiel die Compagnie du Saint-
Sacrement, den Rosenkreuzern oder verschiedenen
Freimauerlogen und tun es noch immer. Heute stehen
wir zusammen mit unseren Mitstreitern kurz davor,

unsere Vision von einer Gesellschaft, die die Ideale der keltischen Philosophie sowie den Lehren von Jesus, Buddha und den nordamerikanischen Ureinwohnern entspricht, zu verwirklichen. Diese soll dann von einer konstitutionellen Monarchie, deren Oberhaupt aus der Blutlinie der beiden bereits erwähnten Geschlechter kommen wird, regiert werden. So sieht es zu mindestens der alte Plan vor, der von uns und der Prieure de Sion bei der Gründung vor über 1000 Jahren aufgestellt wurde. Es hat lange gedauert und es wird auch noch ein paar Jahre dauern, aber wir stehen nun endlich kurz vor der Vollendung. Denn wie es schon unsere Vorfahren in den verschiedensten Kulturen vorhergeahnt haben, stehen wir vor einer Zeitenwende, an der etwas Neues und Größeres beginnt.

Wir wollten und wollen diesem Neuen den Weg ebnen. Daraufhin haben wir so lange hingearbeitet. Doch hat sich eines verändert. Der Regent wird nur noch über die spirituelle Weiterentwicklung wachen, das heißt, er soll dafür sorgen, dass die Barrieren zwischen den Religionen eingerissen werden und dass sich dadurch die einzelnen Menschen frei von allen Dogmen eben dieser entwickeln können. Die demokratischen Regierungen der einzelnen Regionen sollen dagegen unter der ethischen Aufsicht des Regenten und dessen Stab dafür sorgen, dass es den Menschen an nichts mangelt. Das heißt, es soll eine sozial ausgewogene und ökologisch Sinnvolles Sozial- und Wirtschaftssystem entstehen. Dies alles wird sich beschleunigen, wenn wir es endlich schaffen, uns von dem universellen Gesetz der göttlichen Liebe leiten lassen."

Wieder machte sich erstaunen bei Peter und Ann breit. In was waren sie da nur hineingeraten. Eine Gesellschaft, die so aufgebaut ist, war nach ihrer Auffassung utopisch und nicht zu realisieren, zu mindestens jetzt noch nicht und was hatte das alles verdammt noch mal mit ihnen zu tun.

Ann wurde schlecht und sie wollte nur noch an die frische Luft. Duncan, der ihnen wohl ansah, wie es ihnen ging, bat seinen Onkel um eine Unterbrechung und ging mit ihnen hinauf.

Als sie oben ankamen, stellten sie fest, dass die Sonne schon sehr tief stand und plötzlich machte sich auch ein Hungergefühl breit. Duncan teilte seinem Onkel mit, dass er mit den beiden nach Rosslin fahren würde, um dort mit ihnen einen kleinen Imbiss zu sich zu nehmen. Danach würden sie sofort zurückkehren, um den letzten Teil des Informationsabends anzugehen. Denn das wichtigste wussten die beiden noch nicht und er war sich nicht sicher, ob sie das auch verkraften würden oder ob sie sie dann für vollends hinüber geschnappt hielten. Wie dem auch sei, es musste sein. Denn nur so würden die beiden wissen, worum es bei diesem Spiel wirklich ging. Er hoffte, dass sie danach die richtigen Entscheidungen treffen würden. Denn es hing sehr viel davon ab, das sie das taten.

Sie hatten auf der Fahrt nach Rosslin beschlossen, nicht in ein Lokal zu gehen, sondern zu Peter und Ann zu fahren. Denn zum einen würden sie dann nicht so viel Zeit verlieren und zum anderen konnten sie dort, während sie aßen, noch ein wenig über die Informationen der letzten Stunden ungestört reden.

Als sie nun angekommen waren, deckten sie gemeinsam den Tisch und begannen mit Appetit zu essen. Nach einer Weile des Schweigens durchbrach Ann eben jenes.

„Sag mal Duncan? Ihr seid doch nicht etwa eine von den durchgeknallten Sekten, die es überall auf der Welt gibt und von denen man so viel Grusliges hört, oder?", warf sie mit gespielter Naivität in die Stille der Runde.

Duncan und Peter schauten sich verwunderte an und konnten gerade noch verhindern, dass sie hemmungslos losprusteten, denn sie hatten beide noch den Mund voll. Nachdem Duncan dann seinen Bissen mühevoll hinuntergeschluckt hatte, antwortete er Ann sehr erheitert. „Nein Ann, sind wir nicht. Keineswegs. Was wir sind hast du heute von meinem Onkel erfahren und das ist die volle Wahrheit, ehrlich, du kannst mir wirklich glauben. Mit so etwas würden wir niemals spaßen."

Er blickte in Anns Augen, um herauszufinden, ob sie ihm glaubte. Er war wieder Ernst geworden und bekam auch prompt die erhoffte Antwort von Ann.

„Ich hatte gehofft, dass du das sagst. Es ist nur so, dass das, was wir heute bis jetzt gehört haben, sehr schwer zu glauben ist. Wenn nicht sogar unmöglich. Aber das macht es gerade wieder glaubhaft.", entgegnete sie ihm genauso ernst und es war jetzt auch keine Spur von Naivität mehr in ihrer Stimme.

Nach einer kurzen Pause mit einem kurzen Blick zu Peter fuhr sie fort. „Kannst du uns noch mal erklären was es mit dieser Neuordnung auf sich hat? Wie sollen wir das verstehen das ihr nun endlich kurz davor seid? Ich sehe nichts davon und was hat das bitte schön mit uns zu tun?", fragte sie Duncan eindringlich und Peter nickte nur zustimmend.

„Okay, ich will versuchen es mit meinen Worten nochmals zu wiederholen. Hoffentlich vergesse ich nichts und es wird dadurch etwas verständlicher. Aber zu der Frage was das mit euch zu tun hat, werde ich euch keine Auskunft geben. Das werdet ihr nachher von Onkel William erfahren und ich möchte ihm nichts vorwegnehmen, gut?"

Er schaute die beiden fragend an und Peter antwortete ihm. „Also gut, wenn es sein muss, dann schieß los."

„Zuerst zur angesprochenen Neuordnung.", begann Duncan. „Ihr wisst welche Ausdehnung das keltische Einflussgebiet hatte?"

Wieder blickte er die beiden an und nachdem sie genickt hatten, fuhr er fort. „Und dann schaut euch die Europäische Union, wie sie heute aussieht, an und vergleicht sie damit. Dann nehmt noch die Staaten mit dazu, die zurzeit ein Aufnahmeverfahren laufen haben. Dann seht ihr das der einzige Unterschied zur Ausdehnung von damals der ist, dass auch die damaligen südlichen „Weltmächte" Griechenland und Rom dazu gehören. Des Weiteren solltet ihr euch Revue passieren lassen welche Staaten zu den Gründungsmitgliedern gehört haben. Das waren, wie ihr wisst, Frankreich, Deutschland, Belgien, Luxemburg, die Niederlande und Großbritannien. Allesamt Staaten mit großer keltischer und merowingischer bzw. fränkischer Vergangenheit. Dann könnt ihr euch in etwa vorstellen, dass das nicht zufällig war und wir kurz davor sind, das keltische Einflussgebiet wieder so herzustellen, wie es war, bevor die Römer und danach die römische Kirche es zerstört hatten. Der nächste Schritt wird dann sein, dass wir eine ethische Neuorientierung initiieren, was auch schon ansatzweise getan wurde. Wenn dies geschehen ist, wird sich unsere Gesellschaft zum Positiven verändern. Das Einzige, was dann noch zu tun sein wird, ist die Etablierung einer konstitutionellen Monarchie oder Ähnliches, worin das Oberhaupt die Verantwortung für die ethischen Werte und das Parlament für alles andere hat. Habt ihr das soweit verstanden?"

Peter und Ann nickten abermals und Peter wollte gerade zu einer weiteren Frage ansetzen, als Duncan nochmals das Wort ergriff. „Ach ja, dies alles wird sich nicht nur auf Europa begrenzen, sondern auch auf die heute mit Europa verbündeten Länder wie Kanada, USA, Australien, Japan, Indien, Israel usw. ausdehnen. Doch so weit sind wir noch lange nicht."

Er schaute wie zufällig auf die Uhr und ergänzte.

„So, nun ist es aber Zeit für uns. Onkel William wird schon auf uns warten. Wir sollten jetzt schleunigst zurück. Oder wollt ihr nicht wissen was er euch noch zu sagen hat?"

„Aber natürlich wollen wir das endlich wissen. Es interessiert uns sogar brennend.", gab ihm Peter zur Antwort. „Na dann los!"

Mit diesen Worten erhob sich Peter vom Tisch und sie begaben sich gemeinsam zum Auto von Duncan.

Kapitel 9

Sie kamen, wie erwartet, etwas verspätet bei Rosslyn Chapel an und begaben sich schleunigst wieder in den geheimen Raum der Kirche. Sir William wartete schon ungeduldig auf die drei und gab seinem Unmut auch ungeniert in seiner Begrüßung Ausdruck.

„Schön, dass ihr es einrichten konntet. Ich liebe es nämlich, wenn man mich warten lässt."

„Entschuldigung Onkel. Wir haben uns leider etwas verplappert.", gab ihm Duncan kleinlaut zurück.

„Ja, aber es war unsere Schuld und es tut uns wirklich sehr leid.", versuchte Peter die Situation zu entschärfen.

„Schon gut.", entgegnete Sir William daraufhin schon wieder friedlich gestimmt und fügte mit einem Lächeln. Hinzu. „Ich dachte mir schon, dass es eine Verzögerung geben würde. Denn ihr hattet mit Sicherheit eine Menge Fragen. Ich hoffe Duncan konnte diese zu eurer Zufriedenheit beantworten?"

„Ja das konnte er! Bis auf eine.", warf Ann nun ein.

„Und die war?", fragte Sir William und tat so als wüste nicht welche Frage gemeint war.

„Das wissen sie doch ganz genau, Sir William. Tun sie doch nicht so ahnungslos!", blaffte ihn Ann daraufhin scheinbar entrüstet an.

„Sie sollten endlich ihre Karten vollends auf den Tisch legen. Sonst könnten wir noch denken das es da gar nichts mehr gibt und die Zusammenarbeit mit ihnen beenden.", fügte sie noch mit überzogen ernster Miene hinten an.

Sir William bemerkte die, nicht ganz ernst gemeinte Provokation und antwortete darauf seinerseits mit einem überzogen, überheblichen Unterton in der Stimme.

„Na, dann will ich die Herrschaften mal nicht länger auf die Folter spannen und ihnen noch eine kleine Gute Nacht Geschichte erzählen. In der Hoffnung, sie können dann auch wirklich gut schlafen."

Sie schauten sich alle eindringlich an und brachen fasst gleichzeitig in Gelächter aus. Nachdem sich das Gelächter dann wieder gelegt hatte, ergriff Sir William erneut das Wort.

„So, nun aber Spaß bei Seite. Es ist schon spät und ich möchte zu dem Teil der Unterredung kommen der für sie beide." Er blickte Peter und Ann eindringlich an „Wohl der interessanteste des Abends sein wird. So, wie fange ich an?"

Er schien in sich zu gehen, so als suche er nach etwas bestimmten. Nach einer Weile, nachdem er anscheinend das gefunden hatte, wonach er suchte, begann er von Neuem „Also, wir hatten ihnen ja versprochen, dass wir, was ihre Herkunft angeht, einige Nachforschungen anstellen würden und dass wir uns dann wieder mit ihnen unterhalten würden, wenn wir Ergebnisse hätten. Das ist nun so weit. Wir haben diese Ergebnisse und ich denke, sie werden wohl sehr überrascht sein über diese. Wir waren es nämlich. Aber im positiven Sinn. Denn sie übertrafen unsere Erwartungen."

Er machte nun wieder eine Pause, um zu sehen was für eine Reaktion von Peter und Ann kommen würde und die kam auch prompt.

„Nun lassen sie sich doch die Würmer nicht aus der Nase ziehen, Sir William. Sagen sie doch endlich was sie zu sagen haben, bitte" flehte Peter in förmlich an.

Sir William seinerseits schien die Situation ein wenig zu genießen. Doch er wollte die Spannung auch nicht übertreiben und setzte ein weiteres Mal an.

„Nun denn. Bevor sie mir vor Aufregung noch einen Herzanfall bekommen, werde ich ihnen nun das Ergebnis mitteilen. Zuerst einmal muss ich sie aber noch einmal etwas fragen. Haben sie sich bei ihren Nachforschungen noch nie gewundert, warum ihre Namen mit einigen Orten und Namen, die sie gefunden haben, eine Ähnlichkeit haben?"

„Doch schon, aber wir dachten das es wohl eher zufällig war.", antwortete Peter erstaunt.

„Zufälligkeiten? Nein, dazu ist es zu offensichtlich. Ich denke, sie wollten es nicht wahrhaben, dass es da eine Verbindung geben könnte. Aber wie dem auch sei, ich werde versuchen, es so schlüssig wie möglich für sie zu erklären. Zuerst bei ihnen Ann. Ihr Name Planter steht in Verbindung mit der Familie Plantard. Ihre Familie gehört zum deutschen Zweig dieser Familie, der sich in Baden angesiedelt hatte, als es noch hohenzollerisches Hoheitsgebiet war. Über die Jahre hinweg verarmte dieser Zweig allerdings und der Name wurde mit der Zeit abgewandelt. Wie Sie wissen, steht die Familie Plantard in direkter Verbindung mit der Prieure und somit zu uns. Die Familie hat auch einen gewissen Führungsanspruch innerhalb der Prieure, da sie ihre Herkunft direkt auf Dagobert II. dem letzten großen merowingischen König zurückführen lässt. Somit sind auch Sie von königlichem Geblüt.“

Er ließ sie nicht zu Wort kommen und kostete die Überraschung der beiden aus. Ja, es schien, als würde es ihm sogar Freude bereiten, die beiden so fassungslos zu sehen.

„So und nun zu ihnen, Herr Stenaj. Was wir über Ihre Herkunft erfahren haben, dürfte Sie ebenso überraschen, wie das gerade gehörte. Wahrscheinlich sehr wahrscheinlich sogar noch etwas mehr......" Er machte wiederum eine Pause, um die Wirkung seiner Worte Nachdruck zu verleihen.

Dann fuhr er fort. „Sehen Sie, es war zuerst gar nicht so einfach, überhaupt etwas in Erfahrung zu bringen. Denn Ihre Familie hatte es in den letzten hundert Jahren sehr gut verstanden, sich die jeweiligen Obrigkeiten zum Gegner zu machen. Aber nichtsdestotrotz konnten wir nach anfänglichen Schwierigkeiten beim Zugang zu den jeweiligen Archiven mit viel Überzeugungskraft gelang es uns schließlich, ihre Familienhistorie fast lückenlos zu dokumentieren ...." Er rieb dabei mit dem Daumen über Zeige- und Mittelfinger, um anzudeuten, das Geld diese Überzeugungskraft war. „Ich werde Sie Ihnen nun in sehr gekürzter Fassung darüber in Kenntnis setzen, genauso wie ich es bei Ihrer Frau eben getan habe. Natürlich werden Sie von uns, sollten Sie sich endgültig zu einer Zusammenarbeit mit uns entschließen, wovon ich dann ausgehe, eine ausführliche Familienchronik erhalten."

Sir William war sich, wie es aussah, äußerst sicher das Peter und Ann gar nicht mehr anders konnten als die Zusammenarbeit mit ihm und seiner Organisation fortzuführen und sogar noch zu vertiefen.

„Ihre Vorfahren gehörten dem ungarischen Hochadel an. Doch der Name Stenaj wurde ursprünglich nicht mit j sondern mit y am Schluss geschrieben. Diese Änderung der Schreibweise ist darauf zurückzuführen, dass sich einer ihrer Vorfahren in jüngerer Vergangenheit mit seinem Landesfürsten überworfen hatte und deshalb mit dem Entzug seines Adelsprädikates bestraft wurde. Dazu muss man wissen, dass das ungarische Adelsprädikat sich durch den Buchstaben y am Ende des Namens erklärt. Höchstwahrscheinlich waren die Magyaren sogar aus den Sugambren hervorgegangen, als diese von Griechenland aus in Richtung Westen wanderten und auch durch das heutige Ungarn kamen, bevor sie letztendlich am Rhein ankamen und sich mit den Franken zu den Merowingern verbanden. Das würde zu mindestens die vielen Ortsnamen mit der Endung „y" in ihrem Siedlungsgebiet zwischen Belgien und Elsass erklären. Bevor dies jedoch geschah, war Ihre Familie hoch angesehen. Doch ursprünglich stammen Ihre Vorfahren nicht aus Ungarn. Vielmehr ist um das Jahr 700 ein fränkischer Adliger mit diesem Namen in dem Gebiet nordöstlich von Budapest aufgetaucht und hat dort eine Tochter eines Ortsansässigen Adligen geehelicht. Wir hatten vermutet, dass dieser fränkische Adlige niemand anderes sein konnte als ein Sohn Dagobert II., welcher bekanntlich in den Wäldern von Stenay ermordet wurde, der das Massaker an der Familie Dagobert auf irgendeine Art und Weise überlebt hatte. Sich selbst den Namen der Stadt gab, die das Zentrum seines Vaters Reiches war und welches ihm auf hinterlistige Weise genommen worden war. Wir brauchten deshalb die Speichelprobe von Ihnen und Ihrer Frau, um diese Erkenntnisse zu untermauern. Da sich in unserem Besitz einige Reliquien von Dagobert befinden, konnten wir einen DNA-Abgleich machen und können Ihnen beiden nun das Ergebnis dessen mitteilen."

Wiederum machte Sir William eine Pause und trieb damit die Spannung bei Peter und Ann ins Unendliche. Die beiden waren nun kreidebleich und vor eben dieser Spannung wie zu Statuen erstarrt saßen sie auf ihren Stühlen. Sir William hingegen hatte erfasst, dass er es schon fast zu weit getrieben hatte und beschloss die beiden zu erlösen.

„Das Ergebnis lautet, das Sie, Ann, tatsächlich mit den Plantards in direkter Linie verwandt sind und Sie, Peter, in ebenso direkter Linie von Dagobert II. abstammen. Daraus lässt sich für Sie beide unmissverständlich schließen, dass Sie das königliche Geblüt der Merowinger und Sie, Peter, zusätzlich auch das von Jesus in sich tragen und somit vor allem Sie, Peter, einen Anspruch auf die fränkische Krone haben!"

Das war nun wirklich zu viel für Peter und Ann. Zwar löste sich mit dieser Aussage von Sir William die ganze Anspannung der beiden. Doch war es gleichzeitig auch unmöglich für die beiden noch einen klaren Gedanken zu fassen. Deshalb beschloss Sir William die Unterredung für diesen Tag zu beenden. Er wollte ihnen Zeit geben diese doch so essenziellen Informationen zu verarbeiten und gab deshalb Duncan den Auftrag sie zurück zu ihrem Haus zu begleiten. Des Weiteren gab er ihm den Auftrag, sich um die beiden zu kümmern und ihm mitzuteilen, wenn sie sich wieder gefasst hatten. Dann konnten sie über alles Weitere sprechen.

Duncan brachte Peter und Ann nach Hause und teilte ihnen mit, dass er sich in ihrem Gästezimmer einquartieren würde, um für sie da zu sein, wenn sie ihn brauchten. Danach begaben sie sich alle zur Ruhe.

Ann war sofort vor Übermüdung eingeschlafen. Das Ganze hatte sie offensichtlich an den Rand ihrer Kräfte gebracht. Peter hingegen war noch so aufgewühlt und in seinem Kopf überschlugen sich die Gedanken, sodass er keine Ruhe finden konnte. Obwohl er mindestens genauso ausgepowert war wie Ann, wollte sich bei ihm kein Schlaf einstellen. Deshalb stand er wieder auf, auch um Ann nicht zu stören. Er ging in die Küche, setzte sich noch eine Kanne Kaffee auf und beschloss das Chaos seiner Gedanken zu ordnen.

Er hatte sich gerade eine Tasse eingegossen, als auch Duncan die Küche betrat. Peter blickte nur kurz auf und bedeutete ihn mit einer flüchtigen Handbewegung, dass er sich zu ihm setzen soll. Duncan goss sich daraufhin ebenfalls eine Tasse Kaffee ein und setzte sich zu ihm an den Küchentisch.

So saßen sie dann eine ganze Weile und jeder hing seinen Gedanken nach. Als Duncan dann endlich das Schweigen durchbrach, kam es beiden wie eine Erlösung vor.

„Ich weiß!", begann Duncan vorsichtig. „Das war alles ein bisschen viel auf einmal, nicht."

„Nein!", antwortete Peter. „Nicht nur ein bisschen, sondern ziemlich viel, Duncan. Einiges wussten wir ja schon und anderes hatten wir vermutet. Aber mit dem was uns deine Onkel über unsere Herkunft berichtet hat, hatten wir nun wirklich nicht gerechnet. Noch nicht einmal ansatzweise. Wir wussten, dass wir etwas Großem auf der Spur waren. Doch nun sind wir plötzlich ein Teil davon. Ich glaube nicht, dass du dir vorstellen kannst, was das in uns ausgelöst hat. Nicht wirklich!"

„Ich glaube schon, dass ich das kann.", erwiderte darauf-hin Duncan. „Mir erging es vor einigen Jahren genauso. Als ich damals von meinem Onkel in die Geheimnisse der Templer eingeweiht wurde. Es war vielleicht nicht so überraschend wie bei euch heute, aber wahrscheinlich genauso intensiv."

„So, meinst du!", erklang plötzlich die Stimme von Ann von der Küchentür her und die beiden drehten überrascht ihre Köpfe in die Richtung, aus der die Stimme kam.

„Haben wir dich geweckt? Waren wir zu laut?", fragte Peter stammelnd.

„Nein, Schatz nein", erwiderte Ann sichtlich verschlafen.

„Ich habe wieder diesen Traum geträumt und bin daran aufgewacht. Dann habe ich mich nach dir umgedreht und festgestellt, dass du nicht im Bett warst. Ich wollte gerade nach dir rufen, als ich Stimmen aus der Küche hörte. Deshalb habe ich beschlossen aufzustehen, um nachzuschauen, was los ist und euch hier angetroffen."

Währenddessen hatte sie sich ebenfalls einen Kaffee eingegossen und sich zu ihnen an den Tisch gesetzt. Duncan und Peter setzten sie über den bisherigen Verlauf ihres Gespräches in Kenntnis und als dies geschehen war, setzte Duncan mit seiner Ausführung fort. „Also, ich hatte zu dem damaligen Zeitpunkt überhaupt keine Affinität zu dem, was mein Vater und Onkel taten. Doch da mein Onkel nun mal keine Kinder hatte und somit ich nach meinem Vater in der Erbfolge der Familie ganz oben stand, beschlossen die beiden mich dann, als ich 18 wurde, einzuweihen. Kurze Zeit später verstarb mein Vater bei einem Unfall, der, wie es sich einige Jahre später herausstellte, keiner war. Sondern eine vom Vatikan inszenierte Intrige mit für meinen Vater tödlichen Ausgang war.

Seit dieser Zeit bin ich die rechte Hand meines Onkels und dessen Nachfolger. Wir werden also, solltet ihr euch entscheiden, uns anzuschließen, sehr eng miteinander arbeiten und ich würde gerne euer Freund werden oder sein!", schloss Duncan feierlich.

„Du bist es bereits, Duncan!", entgegnete Peter ihm daraufhin. „Oder glaubst du wir hätten dir sonst so vertraut?"

Duncan zuckte zum Zeichen, dass er sich dessen nicht sicher war, nur mit den Schultern.

„Doch Duncan, du bist es wirklich schon.", bekräftigte Ann noch mal Peters Aussage und, während ein Lächeln über Duncans Gesicht huschte, fuhr Peter fort.

„Wir haben uns schon entschieden, uns euch anzuschließen, Duncan."

Er blickte dabei Ann an und diese nickte zustimmend.

„Denn eigentlich können wir gar nicht mehr anders, oder? Wie dem auch sei, es ist so wie ich es eben gesagt habe. Nur mit dem Gedanken an die fränkische Krone können wir uns nicht so recht anfreunden. Darüber sollten wir noch mal reden.", schloss er ironisch und fügte mit schüttelndem Kopf hinzu. „Ich und König oder gar Kaiser. Lächerlich."

Sie beschlossen dann doch zu Bett zu gehen, da es schon sehr spät war und sie alle doch mächtig müde waren. Auch wollten sie das Gespräch am nächsten Morgen weiterführen, da sie im Augenblick keinen klaren Gedanken mehr fassen konnten. Sie wünschten sich eine gute Nacht und verschwanden sichtlich ruhiger nach diesem nächtlichen Gespräch in ihren Betten.

Es war spät, als sie aufgestanden waren. Die Sonne stand schon hoch am Himmel und es versprach ein herrlicher Tag zu werden. Peter und Ann waren mit einer Tasse Kaffee in den Garten gegangen, um die Sonne zu genießen. Kaum hatten sie sich auf die Bank, die unter einer kleinen Eiche stand, gesetzt, als auch Duncan noch etwas verschlafen dreinschauend an der Terrassentür auftauchte.

Er blickte suchend in den Garten, und als er sie dann entdeckte, rief er ihnen einen müdes „Guten Morgen" zu und ging wieder zurück ins Haus.

Kurz darauf erschien er ebenfalls mit einer Tasse bewaffnet wieder in der Tür und gesellte sich zu ihnen. Peter und Ann wünschten ihm nun auch einen guten Morgen und boten ihm einen Platz auf einem der Gartenstühle, die gleichermaßen unter der Eiche standen wie die Bank, auf der sie saßen und zu denen noch ein passender Tisch gehörte. Alle drei saßen sie nun da und genossen die Sonne, die schon ungewöhnlich kräftig war. Dabei schlürften sie bedächtig und wortlos ihren Kaffee. Nach einer Weile des Schweigens begann Peter an Duncan gerichtet zu reden.

„Duncan, kann ich dich, was Fragen oder bis du noch zu müde dazu?"

Duncan seinerseits blickte kurz auf und lächelte träge. Dann wand er seinen Blick wieder seiner Tasse zu und antwortete. „Eigentlich bin ich noch nicht ganz wach, aber wenn es nicht zu kompliziert ist, frage ruhig. Es kann nur sein, dass ich nicht sofort antworte. Aber bevor ihr fragt, muss ich noch einmal zur Wahl eurer Unterkunft gratulieren. Eure Einrichtung passt hervorragend zum Haus. Diese Mischung aus alten, ja fast schon antiken Schränken und Konsolen und den modernen anderen Möbeln harmonieren mit dem Stil des Hauses und alten Landhausküche sehr. Exquisit, ehrlich. Also nur zu."

Peter und Ann bedankten sich bei Duncan für das Kompliment und grinsten nun ihrerseits, denn sie wussten nun das Duncan bereit für ein tiefergehendes Gespräch und seine angebliche Müdigkeit nur gespielt war. Peter schaute nun zu Ann, nahm ihre Hand und es sah so aus, als ob er auf ein Zeichen von ihr wartete, um seine Frage zu stellen. Ann wiederum nickte ihm aufmunternd zu. Darauf schien Peter gewartet zu haben, und er begann nun wieder zu Duncan gerichtet zu sprechen.

„Duncan, wir haben uns heute Morgen noch mal über die Dinge unterhalten, die wir gestern von deinem Onkel erfahren haben. Du weißt ja, dass wir selbst auch einiges in Erfahrung gebracht haben. Doch eines haben wir nicht erfahren. Es ist etwas, weswegen wir eigentlich nach Schottland kamen."

„Jetzt eiert nicht so herum und komm endlich zur Sache, Peter.", unterbrach ihn Duncan ungeduldig.

„Langsam, Duncan. Ich muss dazu leider etwas weiter ausholen. Tut mir leid, ehrlich.", antwortete Peter gelassen.

„Wenn es sein muss.", entfuhr es Duncan daraufhin mit einem tiefen Seufzer.

„Ja, muss es!", entgegnete ihm Peter mit gespielter Entrüstung und fuhr fort. „Okay. Ich will es kurz machen. Also – nachdem die Templer kurz vor der Festnahme von Jacques de Molay den sagenumwobenen, mysteriösen Schatz der Templer in Sicherheit gebracht haben, wirft sich doch die Frage auf, wohin sie ihn gebracht haben. Wisst ihr es und wenn ja, können wir ihn sehen oder zumindest das, was noch davon übrig ist?"

Peter schaute Duncan flehend an, während er die Frage ausgesprochen hatte. Dann fuhr er fort.

„Gib uns bitte eine Antwort darauf. Ihr müsst etwas darüber wissen. Wenn nicht ihr, wer dann?"

Diese letzte Frage sprach er fast verzweifelt aus.

Duncan horchte auf und erkannte, dass diese Antwort Peter und Ann wohl sehr wichtig zu sein schien. Er stellte nun ganz vorsichtig und einem leicht provokanten Unterton in der Stimme, seinerseits eine Frage.

„Warum wollt ihr das wissen? Ihr habt es doch nicht etwa auf das Gold der Templer abgesehen?"

Er konnte sich ein leichtes Grinsen dabei nicht verkneifen.

„Nein in drei Gottes Namen, für wen hältst du uns? Nein, nicht im Entferntesten. Wir vermuten nur Artefakte darunter, mit denen wir unsere Theorien beweisen können, um somit dem „System" einen Push in die richtige Richtung geben zu können. Wir wollten und wollen im Prinzip genau dasselbe wie ihr. Wir konnten ja nicht wissen, in was wir deshalb hineingeraten. Das ist alles. Wirklich!", antwortete Ann daraufhin schnell und eindringlich.

„Außerdem haben wir beide, seit wir hier sind, einen seltsamen Traum, welcher von der Flucht der Templer handelt und dieser macht uns nun zusätzlich nachdenklich!" „Nun gut. Ich will euch sagen, was ich weiß, wir sollten aber zuerst meinen Onkel informieren. Vielleicht will er dabei sein. Einverstanden?"

Duncan schaute die beiden auffordernd an und diese gaben ihm mit einer kurzen Geste ihr Einverständnis. Sichtlich erleichtert über die Reaktion der beiden, begab er sich zurück ins Haus, um mit Sir William zu telefonieren. Kurze Zeit später kam er wieder zu ihnen in den Garten und setzte sie davon in Kenntnis, wie dieser entschieden hatte.

Sir William konnte, zu seinem Bedauern, leider nicht kommen, da wichtige Termine in daran hinderten. Deshalb hatte er Duncan bevollmächtigt ihnen zu sagen, was er darüber wusste. Er setzte sich wieder zu ihnen, doch bevor er zu erzählen begann, wollte er mehr über den Traum von Peter und Ann wissen.

Diese berichteten ihm von ihrem Traum, wie er bis vorgestern Nacht war und darüber, dass er sich vergangene Nacht dahingehend verändert hatte, dass die Schiffe an einem Fjord oder Loch oder tiefen Bucht angekommen waren und dort die Ladung an Land gebracht worden ist. An welcher Küste konnten sie allerdings nicht sagen.

Duncan war sichtlich erstaunt über ihre Ausführungen. Dieses Erstaunen wurde für Peter und Ann verständlich, als sie hörten, was er zu berichten hatte.

„Die Templer-Flotte, die den Schatz transportierte, landete irgendwo zwischen Southend auf der Mull of Kintyre und Oban in der Argyll Region in Schottland. Einen Teil der Aufzeichnungen und des Goldes schafften sie in ihr schottisches Hauptquartier in Balantroch, welches heute Temple heißt und nicht weit entfernt von Rosslin liegt. Der größte Teil wurde allerdings an einen geheimen Ort verbracht und auch wir wissen nicht, wo dieser sich befindet.

Es gibt allerdings eine Überlieferung, die eigentlich mehr eine Prophezeiung ist, und es gibt ein paar Hinweise, die allerdings mehr Fragen aufwerfen, als dass sie Antworten geben. Deshalb haben wir uns auch nicht auf die Suche danach begeben. Natürlich haben schon viele versucht, den Schatz zu finden. Sie sind aber alle kläglich gescheitert. Es scheint fast so, als wolle der Schatz sich dieser Welt entziehen, bis sich die vorher erwähnte Prophezeiung erfüllt. Das ist alles, was ich darüber weiß.

Den Teil der Aufzeichnungen, der sich im Hauptquartier befunden hat, konntet ihr gestern in Rosslyn Chapel bewundern. Das Gold und die anderen Wertgegenstände befinden sich zum Teil in Museen. Der Großteil aber, der noch existiert, ist gut verwahrt und angelegt bei der RBS. Ich hoffe, ich konnte eure Neugier etwas befriedigen. Wenn nicht, stellt mir eure Fragen. Ich werde versuchen, sie zu beantworten."

Damit schloss Duncan seine Ausführungen, wohl wissend, dass da noch einiges an Fragen auf ihn zukommen würde. Das sagten ihm, allein schon, die ungläubigen Gesichter von Peter und Ann.

Kapitel 10

Nachdem Duncan seine Ausführungen beendet hatte, brauchten Peter und Ann erst einmal eine Pause. Ann war ins Haus gegangen, um, wie sie sagte, noch etwas Kaffee zu kochen. Peter hingegen blieb mit Duncan am Tisch sitzen und schien über das Gesagte nachzudenken. Daran änderte sich erst wieder etwas, als Ann mit dem versprochenen Kaffee zurück in den Garten kam. Sie hatte gerade allen die Tassen gefüllt, als Peter das Gespräch mit einer weiteren Frage von Neuem eröffnete.

„Wie lautet die Prophezeiung, von der du vorher gesprochen hast, Duncan?", stellte er sie bestimmt und zu Duncan gewandt.

„Wenn du sie nicht im genauen Wortlaut wiedergeben kannst, ist das nicht so schlimm. Sinngemäß reicht mir.", fügte er noch schnell an, um mögliche Ausreden, von Duncans Seite her, auszuschließen.

„Ich werde versuchen, sie sinngemäß wiederzugeben, aber ich kann nicht versprechen, ob ich nicht etwas vergessen werde." gab Duncan zurück und setzte, nach einer kurzen Pause, in der er angestrengt nachzudenken schien, nochmals an.

„Also, sie lautet, in etwa, wie folgt:

In der Dämmerung der Zeitenwende wird einer aus dem längst verschollenen Blut kommen und mit ihm der Schlüssel zum Schatz. Nur er allein kann ihn finden und heben. Hernach wird dann beginnen das neue Zeitalter, unterstützt durch den Schatz."

Duncan lies die Worte wirken und fragte, nach einem Moment. „Ziemlich seltsam, nicht? Könnt ihr etwas damit anfangen?" Er hatte dabei ein geheimnisvolles Lächeln im Gesicht.

„Ich glaube schon, Duncan. Ich glaube schon." antwortete Peter ihm daraufhin völlig entrückt. „Aber ich brauche noch einen kleinen Augenblick. Ich muss noch etwas nachschauen. Bin gleich wieder zurück." sprach er und verschwand mit einer ungeheuren Schnelligkeit im Haus.

„Was hat er vor? Wonach sucht er denn? Kannst du mir das sagen, Ann?" fragte Duncan Ann und schaute dabei Peter total überrascht hinterher.

„Nicht wirklich, Duncan. Ehrlich. Ich weiß auch nicht, was in ihn gefahren ist. Aber er wird es uns sicherlich gleich selbst erklären. Es kann aber nur mit der Prophezeiung zu tun haben, von der du eben erzählt hast." gab sie ihm, etwas unterkühlt, zurück.

Danach herrschte Schweigen, bis Peter nach einigen, endlos lang wirkenden, Minuten wieder aus dem Haus kam. Kaum war er bei ihnen am Tisch angelangt, stellte er Duncan, mit ernster Miene und ebenso distanziert wie Ann, eine weitere Frage.

„Wissen die Anderen von dieser Prophezeiung? Habt ihr uns nur deshalb bei euch *Asyl* gewährt. Weil ihr glaubt, wir sind diejenigen aus eben diesem Blut? Wollt ihr durch uns an das Erbe der Templer gelangen? Wenn ihr es dann habt und wenn es denn wirklich so sein sollte, dass einer von uns beiden dieser Erbe sein sollte. Was wird dann mit uns geschehen? Erst wenn wir auf diese Fragen eine, für uns, glaubwürdige Antwort haben, werden wir euch sagen, was wir vermuten und wie wir uns weiter verhalten werden. Überleg dir gut, was und wie du uns antwortest, Duncan! Wir haben euch vertraut und ich hoffe, dass ihr dieses Vertrauen nicht missbraucht habt."

Während er sprach und nachdem er geendet hatte, beobachtet Peter sehr genau Duncans Reaktionen auf seine Fragen und Äußerungen. Er stellte, mit Erleichterung, eine gewisse Verwirrung bei Duncan fest. Welche ihm signalisierte, dass sie wohl nicht vorhatten sie zu hintergehen und dass das Vertrauen, welches sie ihnen geschenkt hatten, nicht vergeudet war.

Aus seiner Verwirrung, ob Peters kurzen Ansprache heraus, versuchte Duncan Peter zu beschwichtigen.

„Peter! Ich weiß nicht so recht, was in dich gefahren ist, aber wir haben mit offenen Karten gespielt, seit wir wussten, wie ihr zu uns steht. Ich weiß nicht wie du jetzt plötzlich wieder solche Zweifel, was unsere Aufrichtigkeit angeht, hegst. Aber ich will dir dennoch Antwort auf deine Fragen geben. Erstens. Nein, die Anderen kennen diese Prophezeiung, meines Wissens, nicht. Zweitens. Ja, wir glauben, dass einer von euch derjenige ist, von dem in hier gesprochen wird." Er blickte dabei Peter eindringlich an. „Und drittens, was aus euch werden soll, hat bereits mein Onkel ausführlich erklärt. Aber jetzt beruhigt euch wieder und lasst euer Misstrauen beiseite. Es ist hier nicht angebracht. Ich dachte, über diese Phase seien wir längst hinaus."

Duncan hatte, während er sprach, ein Aufhellen in den Minen von Ann und Peter bemerkt und als er seine Antwort beendet hatte, stellte er sichtlich erleichtert fest, dass sie ihn beide offen angrinsten.

„Okay, Duncan." ergriff Peter, lachend, erneut das Wort. „Da nun endgültig alle Unklarheiten beseitigt sind, werde ich dir sagen, warum wir eigentlich nach Schottland gekommen sind. Rosslyn Chapel war nur der Anfang. Wir wollten den nächsten Tag über Stirling und Bannockburn in die Argyll-Region fahren, um uns dort bei Kilmartin einige Gräber anzuschauen. Dort auf der Inistrynish am Ostufer des Loch Awe sollen ja bekanntlich einige Templer begraben worden sein. Wir allerdings vermuten, dass diese angeblichen Gräber, keine Gräber sind. Wir denken, dass sie als eine Art Wegweiser zu verstehen sind. Um uns darüber Gewissheit zu verschaffen, sind wir nach Schottland gekommen. Denn wir glauben, dass sich irgendwo zwischen Oban, Inveraray, Lochgilphead und dem Loch Sween der Ort befindet, an dem der Schatz der Templer verborgen liegt. Allerdings verwirrten uns, auf der einen Seite, die Träume, die wir haben, seit wir hier sind. Auf der anderen Seite bringen sie auch eine gewisse Bestätigung. Warten wir es ab, wo dies alles uns hinführen wird."

Diese Aussage von Peter überraschte Duncan dermaßen, dass er mit offenem Mund und tief Luft holend einige Zeit wie versteinert dasaß.

Peter und Ann warteten ab, bis er sich von seiner Überraschung erholt hatte und als sie gerade ansetzen wollten, ihn zu fragen, wie es ihm nun gehe, sprudelte es aus Duncan nur so heraus. „Ich muss sofort mit Onkel William reden. Wir müssen uns augenblicklich auf den Weg in die Argyll Region machen. Wenn das die Wahrheit ist, was ihr da gerade gesagt habt, dann hatten wir das Vermächtnis der Templer, unseren Vorfahren, die ganze Zeit vor der Nase. Wir müssen so schnell wie nur irgend möglich überprüfen, ob ihr recht habt. Seid ihr dabei?"

Die Beiden nickten nun ihrerseits völlig konsterniert, als er sie ansprach. „Ich werde sofort alles Notwendige veranlassen."

Er war aufgesprungen und machte sich daran, verwirrt und völlig hektisch, das Haus zu verlassen. Er dreht sich nochmals zu ihnen um und fügte noch völlig fusselig hinzu, dass er sich so schnell es eben ging, wieder bei ihnen melden würde. Kurz darauf war er verschwunden.

Es war später Nachmittag, als Duncan zusammen mit Sean wieder bei ihnen auftauchte. Er gebot ihnen, sie sollten sich schnell alles, was sie für einen Kurztrip von drei oder vier Tagen benötigten, einpacken, denn sie würden zusammen mit ihm und Sean nach Kilmartin fahren.

Dort sollten sie gemeinsam, im Auftrag seines Onkels, Nachforschungen anstellen. Peter und Ann ließen sich das nicht zweimal sagen und rafften alles, was sie benötigten zusammen und nun befanden sie sich auf dem Weg nach Kilmartin.

Als sie dort endlich um die Mittagszeit ankamen, quartierten sie sich zuallererst in der Pension ein, in welcher Duncan und Sean bereits drei Zimmer für sie reserviert hatten. Sie befand sich auf halbem Weg zwischen Kilmartin und der Inistrynish.

Anschließend trafen sie sich wieder an deren Rezeption.

Duncan schlug Peter und Ann vor, dass sie sich, bevor sie anderes tun würden, zuerst auf den Weg nach Kilmory, am Ufer des Loch Sween, machen sollten.

Dort würde sich eine der ältesten Templerkirchen Schottlands befinden und es wäre ein guter Ort, um zu überprüfen, ob der Traum, den sie hatten, wirklich ein Wegweiser sein konnte.

Peter und Ann stimmten seinem Vorschlag zu und sie begaben sich auf den Weg dorthin.

Als sie sich auf der Straße, welche nach Kilmory hinunterführte, befanden, entfuhr Peter und Ann fast gleichzeitig ein Ausruf des Erstaunens. Der wurde aber von keinem der Anwesenden weiter kommentiert. Stattdessen fuhren sie schweigend weiter bis an der besagten Kirchenruine, die sich direkt am Ufer des Loch Sween befand, ankamen.

Sie stiegen, immer noch schweigend, aus ihrem Fahrzeug.

Kaum waren sie ausgestiegen, stellte Duncan dann die erlösende Frage.

„Und? Was sagt ihr?" fragte er hoffnungsvoll und fordernd zugleich. „Ist es, das, was ihr in eurem Traum gesehen habt?"

Peter antwortet, noch immer völlig perplex, nach einem kurzen Blickwechsel mit Ann. „Ja, es ist genauso, wie wir es im Traum gesehen haben. Allerdings gab es in unserem Traum weder diese Kirche noch die kleine Ortschaft. Aber ansonsten ist es genauso. Ich glaube, wir sind auf dem richtigen Weg. Es hat sich wirklich gelohnt, hierherzukommen."

Sean, der sich die ganze Zeit über im Hintergrund gehalten hatte, bemerkte vorsichtig.

„Es ist gut, dass wir nun wissen, dass eure Träume tatsächlich ein Hinweis zu sein scheinen. Doch ich glaube, wir sollten uns auf den Rückweg machen." Er schaute auf die Uhr und fuhr fort. „Es ist schon spät und bis wir wieder in Kilmartin sein werden wird es schon späte Nacht sein und wir haben in den nächsten Tagen noch einiges zu erledigen."

Er blickt auffordernd in die Runde und erntet allgemeine Zustimmung.

Sie begaben sich sodann zurück zum Wagen und fuhren zurück nach Kilmartin.

Am nächsten Morgen machten sie sich zuallererst zu den angeblichen Gräbern auf der Inistrynisch auf. Als sie dann davorstanden, entspann sich eine rege Diskussion. Duncan meinte zum Schluss, dass diese Gräber doch wohl typisch für Templergräber seien und er nichts Ungewöhnliches daran finden könne. Doch das ließen Peter und Ann nicht gelten und bevor sich Duncan endgültig und völlig enttäuscht abwenden konnte, hielt ihn Peter an der Schulter fest und begann mit seiner Erklärung. Er hoffte Duncan damit überzeugen zu können.

„Duncan", begann er mit fast beschwörenden Worten auf ihn einzureden „Duncan! Hör bitte zu. Was du für typische Templergräber hältst, sind in Wirklichkeit sehr gut gemachte Attrappen. Schau doch mal genauer hin. Sie stammen ja auch tatsächlich aus der Zeit, als die Templer hier nach Schottland kamen! Aber, und dass ist das wirklich frappierende, Templergräber und Kirchen sind immer genau nach Osten ausgerichtet. Diese Gräber hier nicht und auch die Gravuren auf den Grabplatten sind, auf den ersten Blick hin, typisch templerischen Ursprungs. Wenn man sie aber genauer betrachtet, sieht man das sie einige Abweichungen haben. Gib nicht so schnell auf. Wir sind doch erst seit gestern hier und stehen noch am Anfang unserer Nachforschungen. Ich weiß, wir sind auf dem richtigen Weg. Glaub mir, wir werden das Versteck finden. Ich bin mir da sogar ziemlich sicher. Es wird nur nicht so schnell gehen, wie du es dir vielleicht vorgestellt hast. Sondern es wird etwas dauern. Aber die ersten wichtigen Hinweise haben wir doch schon. Das hier und der Traum, den ich heute Nacht hatte, decken sich fast vollständig. Ann und ich haben uns vorgestern, als du uns so überstürzt verlassen hattest, noch eine Karte von der Argyl Region angeschaut und die Bestätigung von gestern in Kilmory. Der Traum hat sich heute Nacht verändert. Ich konnte sehen, dass der Loch, an dem die Templer ihren Schatz entladen haben, der Loch Sween war. Von dort aus transportierten sie ihn zusammen mit ein paar Beibooten über Land an Kilmartin vorbei, bis hierher zum Loch Awe." Peter stellte erleichtert fest, dass sich Duncans Mine wieder etwas aufgehellt hatte. Doch während sie hier herumstanden, hatte der Himmel seine Schleusen geöffnet und es begann kräftig zu regnen. Sie beschlossen deshalb, zurück zu ihrer Unterkunft zu fahren und das weitere Vorgehen zu besprechen. Etwas anderes konnten sie bei diesem Wetter eh nicht tun.

Sie waren völlig durchnässt als bei ihrem Fahrzeug ankamen und heilfroh als sie wieder in ihrer Pension waren und sich trockene Kleidung anziehen konnten.

Als sie damit fertig waren, trafen sie sich im Gastraum der Pension und da sie die einzigen Gäste waren, konnten sie ohne große Vorsicht walten zu lassen, das weitere Vorgehen besprechen.

„Peter?", eröffnete Duncan das Gespräch. „Du sagtest vorher, bei den Gräbern, dass wir die ersten wichtigen Hinweise schon gefunden haben. Meinst du damit etwa, dass diese, wie du sagtest, nicht nach Osten ausgerichtet sind. Was soll daran wichtig sein? Ist es nicht egal, nach welcher Himmelsrichtung Gräber ausgerichtet sind? Das musst du mir schon genauer erklären, ich bin nämlich kein Archäologe oder so etwas."

Er blickte genauso wie die anderen fragend und erwartungsvoll in Peters Richtung und dieser antwortete dann auch prompt.

„Siehst du, Duncan, das ist folgendermaßen. Die Templer hatten die Angewohnheit, alle ihre Gebäude genauso wie ihre Gräber nach Osten hin auszurichten. Dies hatte, soviel ich weiß, etwas mit ihrer Philosophie, welche sie aus dem Heiligen Land mitgebracht, aber auch zum Teil von den Kelten übernommen hatten, zu tun. Auch ich bin kein Altertumsforscher, zu mindestens kein professioneller, und kann hier nur wiedergeben, was diese dazu sagen oder was wir selbst herausgefunden haben. Diese Grabplatten zeigen nach Norden. Da sie aber von Steinmetzen angefertigt wurden, die höchstwahrscheinlich für die Templer gearbeitet hatten und die diese wohl auch im Auftrag eben jener dort aufgestellt haben. Müssen wir annehmen, dass dies mit der Absicht getan wurde, um Eingeweihten einen Hinweis auf etwas zu geben, was nur für eben jene Wissenden gedacht war? Um jetzt aber herauszufinden, auf was sie hinweisen wollten, müssen wir uns mit der Geschichte dieses Ortes auseinandersetzen. Hab ihr das so weit verstanden?"

Nachdem Peter diese letzte abschließende Frage gestellt hatte, schaute er in die Runde. Obwohl sie alle nickten, wusste er, dass außer Ann, es ihnen nicht allen verständlich war. Dennoch oder gerade deshalb fuhr er mit seinen Ausführungen fort.

„Also, wir ihr sicher wisst, befinden wir uns hier auf sehr geschichtsträchtigem Boden. Ganz in der Nähe von Kilmartin befindet sich eine alte piktische Festung, welche um das Jahr 438 von Tergus Mon MacErc dem Begründer des ersten Königsgeschlecht der Scoti, eingenommen wurde und welche zum Zentrum des Königreich Dalriada werden sollte.

Hier befand sich also einstmals ein großes und blühendes keltisches Königreich. Ich bin mir sehr sicher, dass es kein Zufall war, dass die Templer ausgerechnet hier, nachdem sie aus Frankreich geflohen waren, landeten. Nachdem ich die *Gräber* gesehen habe, bin ich mir auch ziemlich sicher, dass sich hier irgendwo, zwischen Kilmartin und dem Ben Cruachan an der Nordspitze des Loch Awe, der Ort befindet, an dem das Vermächtnis der Templer verborgen liegt."

Wiederum machte Peter eine Pause. In diese Pause hinein begann Sean laut zu denken. „Wenn also das Versteck hier zu finden ist. Wie, zum Teufel noch mal, sollen wir herausfinden wo?"

Er kratzte sich dabei nachdenklich am Kopf. Erst als die anderen anfingen, laut loszulachen wurde ihm gewahr, dass er seine Gedanken ausgesprochen hatte und blickte verlegen zu Boden.

Nachdem sie sich kurz darauf wieder beruhigt hatten, meinte Duncan in die Runde gerichtet. „Obwohl es nicht für unsere Ohren bestimmt war, was Sean, gedankenlos, geäußert hat. Er hat recht. Wie sollen wir es angehen, Peter?"

Der so angesprochene erwiderte Duncan. „Wir sollten zuerst die örtlichen Archive nach Karten aus der Zeit des keltischen Königreiches und der Zeit als die Templer hier ankamen und dazwischen durchforsten. Sollten wir hier nicht fündig werden, müssen wir zurück nach Edinburgh und dort weitersuchen. Wenn wir diese haben, sehen wir weiter. Ich habe, wie schon gesagt, da so eine Vermutung." orakelte er.

„Also lasst uns beginnen. Die Zeit drängt. Dies ist etwas was wir auch bei diesem Sauwetter tun können"

Um dem Ganzen, was er gesagt hatte, Nachdruck zu verleihen, stand er auf und die anderen folgten ihm.

Am Abend, nachdem sie ihre anstrengende Suche erfolglos aufgeben hatten, beschlossen sie am nächsten Morgen zurück nach Edinburgh zu fahren, um sie dort fortzusetzen. Sie wollten auch noch mal mit Sir Sinclair darüber sprechen und so begaben sie sich zu Ruhe.

Kapitel 11

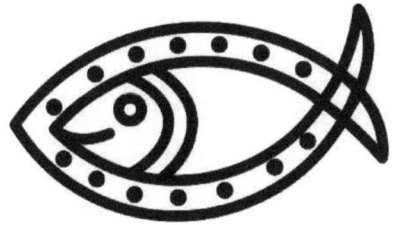

Am nächsten Morgen fuhren sie dann voll Tatendrang zurück nach Edinburgh. Kaum waren sie dort angekommen, machten sich Ann und Peter zusammen mit Sean auf, um die Archive dort nach den benötigen Informationen und Karten zu durchstöbern, während Duncan sich mit seinem Onkel treffen wollte. Er versprach sich bei den dreien zu melden, sobald er, mit diesem, den Zeitpunkt der gewünschten Unterredung festgelegt hatte.

Zudem wollte Duncan auch noch ein paar weitere Männer und Frauen kontaktieren, um auch diese auf die Nachforschungen zu den gewünschten Informationen, wie er sagte, anzusetzen. Er meinte, je mehr Menschen daran arbeiten würden, desto schneller hätten sie diese zusammengetragen. Peter instruierte ihn noch darüber nach welcher Art von Daten sie genau suchen sollten und dann verabschiedeten sie sich.

Am späten Nachmittag erhielten Peter und Ann dann den ersehnten Anruf von Duncan. Er erklärte ihnen, dass sie sich um 13.00 Uhr des nächsten Tages in der Rosslyn Kapelle, mit allen ihren bis dahin erlangte Informationen, einfinden sollten und wünschte ihnen noch viel Erfolg bei ihren Recherchen. Er selbst, so sagte er, würde sich nun auch daran machen und verabschiedete sich von ihnen.

Peter und Ann informierten daraufhin auch Sean über das Telefonat und sie verabredeten sich mit ihm, für den nächsten Morgen. Sie wollten am Museum of Scottland ihre Tätigkeit dann fortzusetzen.

Wenig später fuhren alle drei mit den von ihnen bestellten Taxen nach Hause. Denn es war wiederum spät geworden. Zu Hause angekommen sichteten Peter und Ann noch das Material, welches sie an diesem Tag zusammengetragen hatten und begaben sich dann, völlig zerschlagen, zu Bett.

Am darauffolgenden Morgen stellten sie fest, dass sich der Traum abermals verändert hatte, Sie träumten beide, dass sie über den Loch Awe mit den mitgebrachten Beibooten und einem Teil des Schatzes zum Nordufer des Sees fuhren. Leider konnten sie nicht erkennen, was alles bei diesem Teil des Schatzes war. Danach trafen sie sich, zum ausgemachten Zeitpunkt, mit Sean und setzten ihr Tun dort fort, wo sie am vergangenen Tag aufgehört hatten. Bis sie sich dann, zusammen mit ihm, auf den Weg zur Kapelle von Rosslin machten, um dort mit Duncan und dessen Onkel zu treffen.

Als sie dort ankamen, wurden sie schon von den beiden, ungeduldig, erwartet. Sie begrüßten sich und Sir Sinclair bedeutet ihnen, ihm zu folgen. Er führte sie geradewegs in den geheimen Raum unter der Kapelle. Kaum, dass sie dort angekommen waren und an dem Tisch, der dort stand, Platz genommen hatten, fing Sir Sinclair auch schon an zu sprechen.

„Zu meiner Freude habe ich von Duncan erfahren, dass sie dem Rätsel vom Vermächtnis unserer Vorfahren ein Stück nähergekommen sind."

Er blickte dabei freundlich und erwartungsvoll in die Runde, um dann direkt an Peter gewandt fortzufahren.

„Peter, ich hoffe, sie können mir schon mehr sagen als das, was ich bereits von meinem Neffen erfahren habe. Das können sie doch, oder?"

„Ja, ich glaube, das kann ich wirklich, Sir Sinclair." Gab Peter verheißungsvoll zurück. Er genoss es ein wenig, die angespannte Stimmung noch etwas steigern zu können. Als er der Meinung war, sie hätten genug gezappelt, fuhr er fort.

„Wir haben herausgefunden, dass am Ben Cruachan zur Zeit des keltischen Königreiches unter anderem nach Salz geschürft wurde. Was uns vermuten lässt, dass es dort noch eine oder mehrere alte Salzbergwerke geben muss. Nur leider ist nicht überliefert, wo genau sie sich befanden und ob sie noch zugänglich sind. Wir dachten dennoch, dass es sich lohnen könnte danach zu suchen. Denn was liegt näher für ein Versteck, wie es die Templer damals suchen, als ein Salzbergwerk. In ihm herrscht nahezu immer das gleich trockene Klima, wie es benötigt wird, um Dinge für lange Zeit zu lagern, ohne dass sie zerfallen. Also haben wir uns, virtuell, auf die Suche gemacht. Wir haben die genauen Richtungsdaten, die wir von den Grabplatten von Kilmartin her kennen sowie die Daten von Höhlen, Minen und Kultstätten am und beim Ben Cruachan in ein geografisches Programm eingegeben und zwei mögliche Orte erhalten. Sie liegen

beide am südöstlichen und östlichen Hang, beziehungs-
weise am Fuß des Berges!"

Als er dieses Ergebnis mitgeteilt hatte, machten sich die
anwesenden Personen, außer Ann und Sean, die beide
bereits Bescheid wussten, da sie bei der Auswertung der
Daten dabei waren, mit erstaunten Ausrufen ihrer Überraschung Luft. Nachdem sich die Aufregung wieder
etwas gelegt hatte, begann Peter erneut anzusprechen.

„Ich bin der Meinung, wir sollten uns schnellstmöglich
auf den Weg dorthin machen, um zu überprüfen, ob die
Daten, die wir nun erhalten haben, uns zu dem führen,
was wir suchen. Ich habe bereits eine Liste von den
Dingen, die wir dazu benötigen, zusammengestellt."

Er zog eine Liste hervor und schob sie Sir Sinclair zu.
Dieser nahm sie entgegen, überflog sie kurz und ergriff
indessen seinerseits das Wort.

„Duncan und Sean werden sich um die Ausrüstung
kümmern." Er übergab die Liste an Duncan.

„Das waren sehr überraschende Ausführungen von dir, Peter. Ich hätte nicht gedacht, dass wir so schnell unserem Ziel näherkommen würden. Wir haben schließlich mehrere hundert Jahre auf der Stelle getreten. Aber noch sind wir nicht am Ziel. Ihr werdet euch so bald als möglich, am besten morgen schon, auf den Weg machen, ja? Solltet ihr etwas finden, möchte ich dabei sein, wenn ihr es untersucht. Das ist alles, was ich noch dazu zu sagen habe. Also macht euch auf den Weg."

Mit diesen Worten beendete er die Unterredung und entließ die Anwesenden.

Nachdem Duncan und Sean die Ausrüstung zusammengestellt hatten, riefen sie die anderen Mitglieder der Expedition zusammen und sie begaben sich gemeinsam zum Ben Cruachan. Dort angekommen schlugen sie auf einer Weide, unweit der Stelle, welche am Fuß des Berges lag, ihr Lager auf. Es war schon später Abend als sie damit fertig waren und so beschlossen sie die erste Exkursion auf den nächsten Morgen zu verlegen.

Die Nacht war für Peter und Ann nicht sehr erholsam gewesen. Sie hatten, wie sich später herausstellte, wieder denselben Traum gehabt, welcher sie, unabhängig voneinander, mehrfach aufschrecken ließ und sich immer wiederholte.

Sie waren am nächsten Morgen fast zeitgleich, so gegen sieben Uhr, wach geworden und schauten sich danach, völlig verdutzt und total übernächtigt, an. Nach einiger Zeit des Sammelns war es zuerst Ann, die das Schweigen, noch etwas schlaftrunken durchbrach.

„Hast du auch so miserabel geschlafen, Peter?" war das erste, was sie mit einem Kopfschütteln hervorbrachte. Peter nickte nur, noch etwas abwesend, mit dem Kopf.

„Ich bin heute Nacht mehrfach von diesem seltsamen Traum wach geworden." Fuhr sie dann, schon etwas wacher, fort. Peter blickte sie mit weit aufgerissenen Augen an und entgegnete ihr mit leichtem Erstaunen in der Stimme: „Du auch! Und dieser war wirklich seltsam und völlig anders als die letzten." meinte er und senkte dabei seinen Blick.

Als würde er ins Leere starren, fragte er Ann dann. „Was hast du denn geträumt, Schatz? Kannst du dich noch daran erinnern? Komm, erzähl es mir." Forderte er Sie dann ungeduldig auf.

Ann blickte gedankenverloren in Richtung Zelteingang und begann dann leise zu berichten.

„Ich war in einem dunklen, felsigen und feuchten Gang." Nach einer kurzen Pause, in der sie ein paar Mal tief Luft holte, fuhr sie leise fort. „Es war kühl und in meinem Kopf hörte ich eine Stimme, die mich immer wieder aufforderte: Komm, komm zu mir. Ich stolperte vorwärts, denn es war ja dunkel und kam dann schließlich am Ende des Ganges an. Währenddessen hämmerte die ganze Zeit diese Stimme in meinem Kopf. Das Ende des Ganges war durch eine Steinplatte verschlossen und ich wollte mich gerade umdrehen, um zurückzugehen, als sich die Platte plötzlich nach links in die Wand schob. Dahinter war ein großer Raum oder Saal. Ich konnte es nicht genau erkennen, denn sowie sich die Platte zur Seite schob, begann im Inneren des Raumes dahinter ein Licht zu leuchten, welches immer heller und greller wurde je weiter sich der Eingang öffnete. Dann war wieder diese Stimme in meinem Kopf, die mich aufforderte, den Raum zu betreten. Ich ging hinein und dann war der ganze Raum strahlend hell erleuchtet und ich konnte nichts erkennen, außer das in der Mitte des Raumes, ich vermute das es die Mitte war, ein Schädel schwebte. Als ich in erblickte, wusste ich, woher die Stimme in meinem Kopf kam. Denn als ich ihm in seine leeren Augenhöhlen schaute, ertönte es im ganzen Raum, so hatte ich das Gefühl: Endlich bist du da! Endlich hat das Warten ein Ende! Und dann wurde ich jedes Mal wieder wach."

Völlig aufgelöst beendete sie ihren Bericht. Sie schaute, Hilfe suchend, zu Peter und blickte in ein äußerst erstauntes Gesicht.

„Was ist mit dir Peter?", sie nahm in an beiden Schultern als sie keine Antwort erhielt. Er hat die Augen und den Mund weit geöffnet, sein Blick ging wiederum in die Leere und er hatte die Luft angehalten. Sie schüttelte in mit aller Kraft, welche sie hatte und rief. „Peter, Peter, was ist mit dir? Peter, komm zu dir! Hallo!"

Nach kurzer Zeit kam wieder Leben in Peter und er schüttelte sich nochmals, um den letzten Rest des Erstaunens loszuwerden. Dann antwortet er endlich Ann auf ihre Frage.

„Ann, du wirst es nicht glauben, mein Engel. Ich hatte wieder genau denselben Traum! Weißt du, was das bedeutet? Nicht?" Er schaute Ann fragend an. Nach einer kurzen Pause fuhr er fort.

„Doch, ich glaube, du ahnst es genauso wie ich. Ann! Wir sind auf dem richtigen Weg. Wir sind fast am Ziel. Komm, wir sollten uns schnellstens anziehen. Wir müssen mit Duncan darüber reden."

Mit dieser Aufforderung beendete er das Gespräch. Eiligst zogen sich die beiden an und verließen ihr Zelt. Sie begaben sich direkt zum Gemeinschaftszelt, mit der Hoffnung, dass sie dort schon Duncan antrafen.

Als sie am Gemeinschaftszelt ankamen, brannte schon Licht. Sie betraten es und sahen Duncan an einem der Tische sitzen. Er hatte schon eine Tasse Kaffee vor sich stehen und schaute die beiden noch leicht verschlafen an.

„Guten Morgen, ihr beiden. Könnte ihr auch nicht mehr schlafen? Was hat euch denn aus den Federn geschmissen? Kommt, setzt euch zu mir. Dort drüben...“ er deutet in die Kochecke, „... steht noch Kaffee.“

Die beiden nahmen sich jeder eine Tasse vom Beistelltisch, gossen sich Kaffee ein und setzten sich dann zu Duncan an den Tisch.

„Das wirst du uns eh nicht glauben!“, begann es aus Ann hervorzusprudeln.

„Wir beide sind heute Nacht wieder von ein und demselben Traum heimgesucht worden und diesmal war wirklich ungewöhnlich!“

Nach einem kurzen Blick zu Duncan, um dessen Reaktion darauf aufzunehmen, fuhr sie fort. „Und warum bist du schon wach? Hast du auch schlecht geträumt?“ Duncan schüttelte nur mit dem Kopf und antwortete.

„Nein, ich glaube nicht. Ich kann mich zu mindestens nicht daran erinnern geträumt zu haben. Aber ich bin vorher mit einer ziemlich heftigen inneren Unruhe aufgewacht und die hat sich bis jetzt gehalten. Ich werde das Gefühl nicht los, dass sich heute oder in naher Zukunft etwas ereignen wird, welches unser Leben von Grund auf verändern wird."

Er schaute die beiden fragend und auffordernd zugleich an.

Peter erzählte ihm daraufhin von ihrem Traum und als er abgeschlossen hatte, wurden das Staunen in Duncan's Gesicht noch größer und er stammelte ehrfurchtsvoll an Peter und Ann gewandt nur.

„Heute wird ein bedeutungsvoller Tag werden. Glaubt mir, ein sehr bedeutungsvoller Tag."

Nach einer kurzen Pause fuhr er, wieder gefasster, fort. „Wir sollten uns im Klaren werden, an welcher der beiden Stellen wir mit unserer Suche beginnen wollen. Hab ihr einen Vorschlag? Was sagt euch euer Bauchgefühl?" Duncan blickte Peter und Ann erwartungsvoll an.

„Kommt, ihr habt doch eine Ahnung. Los, sagt schon." drängelte er.

Peter und Ann schauten sich an und zuckten zuerst, hilflos, mit den Schultern um dann fast zeitgleich mit dem Satz „Wir sollten uns auf die angebliche Kultstätte, weiter östlich von hier konzentrierten." herauszuplatzen.

Sie schauten sich alle drei völlig verdutzt an, nachdem dies geschehen war. Erst nach einer ganzen Weile der Stille begann Duncan von neuem das Gespräch.

„So soll es sein. Sobald die anderen aus ihren Fallen gekrochen sind, werden wir alles Notwendige zusammenpacken und uns auf den Weg zu der kleinen Höhle am südlichen Osthang machen und dort mit unserer Suche beginnen."

Sie gossen sich danach noch jeder eine Tasse Kaffee ein und begannen mit der Planung für den Tag. Nach und nach füllte sich das Zelt. Als dann alles so weit zusammengestellt war und feststand, wer beim Lager blieb, machten sie sich auf den Weg.

Obwohl sie die ungefähre Lage der Höhle kannten, war es nicht einfach gewesen, diese auch zu finden.

Sie hatten sich aufgeteilt, um das Gelände großflächiger absuchen zu können. Trotzdem dauerte es bis zum späten Nachmittag, bis endlich die Erfolgsmeldung kam. Sean und einer von Allisters Männern entdeckten den Eingang in einer Mulde am Hang.

Er war versteckt hinter mehreren großen Felsbrocken und einigen großen Ginsterbüschen. Als sie dort ankamen, waren sie zuerst ziemlich enttäuscht. Sie hatten eine mehr oder weniger große Höhle erwartet. Doch was sie vorfanden war eigentlich ein etwas größerer Unterstand, welcher unter einer Felsnase circa fünf Meter tief in den Berg hineinreichte und etwa vier Meter breit war. Was man allerdings sehen konnte war, dass hier vor einiger Zeit Ausgrabungen stattgefunden haben mussten. Man konnte überall in dem kleinen Raum die Mulden und Furchen sehen, die auf nur notdürftig wieder verschlossene Löcher und Gräben schließen ließen, die dabei entstanden waren.

Es war abermals spät geworden und sie hatten noch ein paar Kilometer zu gehen, um zurück zum Lager zu kommen. Also beschlossen sie die Suche für heute zu beenden, da das Licht, selbst mit den mitgeführten Scheinwerfern, sowieso nicht mehr für eine genauere Untersuchung ausreichen würde.

Sie ließen alles an Ausrüstung zurück, was sie am nächsten Tag wieder benötigten und welches sie auf dem Rückweg nur unnötig belasten würde. Des Weiteren wollten sie am nächsten Tag auch ihr Camp näher zur Höhle hin verlegen. Es war schon spät am Abend als sie im Lager ankamen und sie fielen alle, ohne Ausnahme, todmüde in Ihre Betten.

Am nächsten Morgen beschlossen sie, dass Allister und seine Leute das Lager verlegen sollten, während Duncan, Sean, Peter und Ann sich schon wieder auf den Weg machen wollten, um an der Höhle ihre Suche fortzusetzen.

Wenn Allister dann das Lager am neuen Standort wiederaufgebaut hatte, sollte er einige seiner Leute wieder zu ihnen schicken, damit diese sie bei der Suche unterstützen konnten.

Die vier machten sich wieder zu Fuß auf den Weg und waren noch vor dem Mittag wieder vor Ort an der Höhle. Kaum waren sie angekommen, holten sie aus der am Vortag zurückgelassenen Ausrüstung die Scheinwerfer und Stablampen hervor. Sie stellten die Scheinwerfer so auf, dass die Kultstätte einigermaßen gleichmäßig ausgeleuchtet wurde. Den Strom, der dafür notwendig war, bezogen sie aus einem Stromaggregat, welches sich auch bei der Ausrüstung befand.

Dann begannen sie den relativ überschaubaren Raum akribisch genau Zentimeter um Zentimeter, nach Hinweisen wie Zeichen oder Risse abzusuchen. Sie waren noch nicht lange dabei als Allister mit ein paar seiner Männer ankam. Allister wollte es sich nicht entgehen lassen, bei einem eventuellen Erfolg dabei zu sein. Er war, nachdem sie am neuen Standort angekommen waren und die notwendigen Arbeiten verteilt hatte, sofort mit der Hälfte der Männer aufgebrochen, um schnellstmöglich helfen zu können. Als er angekommen war, hatte er sofort drei der fünf Männer abgestellt, um das Areal abzusichern. Die restlichen beiden Männer und er machten sich sofort, nach einer kurzen Absprache, daran Duncan, Sean, Peter und Ann, bei der Suche zu unterstützen.

Sie waren nun schon Stunden damit beschäftigt, nach einem Hinweis zu suchen. Es konnte keiner mehr genau sagen, wie lange, denn sie hatten das Zeitgefühl völlig verloren. Sie waren kurz davor aufzugeben, als Ann aus der hinteren rechten Ecke plötzlich rief:

„Kommt her! Kommt, ich glaube, ich habe etwas gefunden!"

Als sich alle bei ihr eingefunden hatten, deutet sie auf einen kleinen Felsvorsprung an der Felswand vor ihr. Schon die Wand vor ihr war seltsam geformt. Man konnte sich des Eindruckes nicht erwehren vor einem verschlossenen, kleinen Portal zustehen. Doch was noch viel seltsamer war, war die Form der kleinen Erhebung im Felsen auf halber Höhe der rechten Seite des imaginären Portals. Es sah aus wie ein Januskopf, also ein Kopf mit zwei Gesichtern.

Nach einer kurzen Diskussion untersuchten sie das seltsame Tor, wie sie es fortan nannten, etwas genauer. Es war dann Duncan der ziemlich zentral auf dem Tor dann das druidische Zeichen des Drachenauges entdeckte und Allister entdeckt auf der linken Seite des Tores in etwa in der gleichen Höhe wie der des Januarkopfes rechts, ein gleichschenkeliges Kreuz, welches ebenso ein keltisches Symbol war wie die anderen beiden. Somit schien sich die Theorie, dass sie sich in einer keltischen Kultstätte aufhielten, zu bestätigen.

Sie wollten sich schon damit abfinden und sich eingestehen, dass sie an der falschen Stelle gesucht hatten. Als Peter die entscheidende Entdeckung machte. Er stellte fest, nachdem er den Januskopf genauer untersucht hatte, dass es sich um einen Kopf mit drei Gesichtern handelte. Aber dieses Symbol war keineswegs keltisch, sondern ein freimaurerisches. Daraufhin schaute er sich das Kreuz auf der anderen Seite nochmals genauer an und stellte fest, dass durchaus auch ein Tatzenkreuz, das

Symbol der Templer, sein konnte. Er teilte den anderen mit, dass es sich bei der Felswand durchaus um ein versteckstes Tor, welches von den Templern hier installiert worden war, handeln konnte und er würde nun versuchen den Öffnungsmechanismus zu finden.

Zuerst versuchte er den Stein, der das Aussehen eines Januskopfes hatte, zu drehen. Als dieser sich nicht bewegen ließ, versuchte er diesen anzuheben. Als dies auch nicht gelang, widmete er seine Aufmerksamkeit, nachdem er einige Zeit darüber nachgedacht hatte, was er als Nächstes tun sollte, dem Kreuz. Er versuchte nun auch dieses zu drehen und zu drücken. Doch misslang ihm das auch.

Nach dem Misserfolg seiner Versuche verließ auch er etwas niedergeschlagen die Höhle. Draußen angekommen setzte er sich zu den anderen und sie fingen eine rege Diskussion an, wie sie den vermuteten Mechanismus doch noch in Gang bringen könnten. Nach einiger Zeit und nach vielem hin und her beschlossen sie den Vorschlag von Ann in die Tat umzusetzen. Peter, Duncan, Sean und Allister folgten Ann zurück in die Höhle, während die anderen Männer draußen das Areal absichern sollten. Drinnen angekommen machte sich Ann daran, ihren Vorschlag umzusetzen. Zuallererst versuchte sie das keltische Drachenauge, welches sie mit dem freimaurerischen all sehenden Auge des Horus gleichsetzte, auf dem imaginären Tor einzudrücken. Als dieses dann wieder erwarten tatsächlich nachgab, zuckte sie erschrocken mit der Hand zurück. Doch aufgemuntert durch die erwartungsvollen Blicke der anderen, streckte sie ihre Hand wieder aus und drückte das Auge vollends in die Vertiefung. Doch das Tor öffnete sich noch nicht. Deshalb versuchte sie nun, einer inneren Eingebung folgend, den Januskopf bzw. den Kopf mit den drei Gesichtern zu drehen. Und tatsächlich ließ dieser sich jetzt auch bewegen. Sie drehte diesen so lange bis schließlich das Gesicht, welches seither zur Wand blickte, in den Raum und aus der Höhle hinausschaute und in diesem Augenblick dann merklich einrastete und sich nicht mehr weiterbewegen ließ. Als auch daraufhin sich noch nichts tat, wandte sie sich dem Kreuz zu. Sie dachte eine Sekunde nach und versuchte das leicht hervorragende Relief herauszuziehen. Zu ihrem Erstaunen gelang auch dies und nachdem sie es wiederum bewegte bis sie einen Widerstand spürte, begann sich das Tor zu bewegen. Langsam verschwand es von rechts nach links im Felsen und gab hinter sich einen dunklen Gang frei, aus dem ein muffiger Geruch entströmte. Er musste schon sehr lange verschlossen gewesen sein.

Als sich die erste Überraschung, ob des Erfolges, bei den Fünfen gelegt hatte, ergriff Duncan das Wort.

„Freunde!", rief er mit Begeisterung aus. „Freunde! Es scheint als wären wir am Ziel unserer Suche."

Er blickte in die Runde und sah in vier äußerst erregte Gesichter, die alle ein freudiges Glänzen in den Augen hatten. Danach fügte er ruhiger und etwas wehmütig hinzu.

„Endlich, nach so langer Zeit. Ich kann es noch gar nicht glauben." Er schüttelte dabei, immer noch fassungslos, den Kopf.

Sean und Allister hatten währenddessen schon ihre Taschenlampen von der in der Höhle liegenden Ausrüstung genommen und wollten, voller Tatendrang, in den

Gang gehen. Doch Duncan hielt sie, als er es bemerkte, mit den Worten: „Halt ihr zwei! Wir werden den Gang noch nicht betreten. Wir müssen zuerst Sir William benachrichtigen. Er wollte dabei sein, wenn wir etwas finden sollten." zurück.

„Kommt, lasst uns nach draußen gehen. Wir können auch noch bis morgen warten, um den letzten Schritt zu gehen."

Etwas enttäuscht und mit hängenden Schultern folgten die Beiden dann den anderen drei vor den Eingang der Höhle.

Draußen angekommen beschlossen sie zurück ins Lager zugehen. Allister ließ drei seiner Männer zu Sicherung der Höhle zurück.

Sie kamen am späten Nachmittag am neuen Standort des Lagers an. Duncan benachrichtigte umgehend seinen Onkel.

Sir William war hocherfreut über die Entwicklung und sicherte ihm zu, dass er sich sofort auf den Weg machen würde, um noch am Vormittag des nächsten Morgens zu ihnen zu stoßen. Dies teilte Duncan den anderen mit und nachdem sie nochmals die Geschehnisse des vergangenen Tags hatten Revue passieren lassen und den Erfolg begossen hatten, verschwanden sie alle, einer nach dem anderen in Ihren Zelten. Denn sie wollten für die möglichen Entdeckungen des nächsten Tages ausgeschlafen sein.

Kapitel 12

Sie waren alle schon zum Abmarsch bereit, als Sir Sinclair am nächsten Morgen im Lager eintraf. Er wurde wie üblich von Phillip und Thomas begleitet. Nach einer kurzen, aber durchaus herzlichen Begrüßung machten sie sich gemeinsam, um nicht noch mehr Zeit zu verlieren, auf den Weg zur Kultstätte.

Unterwegs ließ sich Sir Sinclair von Peter, Ann und Duncan nochmals alles, was sich bisher ereignet hatte, bis ins kleinste Detail berichten, sodass er, bis sie angekommen waren, über alles informiert war.

Aufgrund dieser Unterhaltung kam ihm der Marsch zur Höhle sehr kurz vor und er war ziemlich überrascht als sie, für ihn nach so kurzer Zeit, dort ankamen.

Peter, Allister und Duncan begrüßten zuerst die drei Männer, die zur Sicherung zurückgeblieben waren und erkundigten sich nach eventuellen Vorkommnissen. Als diese ihnen versichert hatten, dass nichts Ungewöhnliches passiert und die Nacht ruhig verlaufen war, bedankten sie sich bei den Dreien und wandten sich wieder den anderen zu.

Allister entließ die drei dann und schickte sie zum Lager zurück, wo sie sich von der langen Nacht erholen sollten. Denn sie hatten genügend ausgeruhte Männer mit dabei.

Er teilte sogleich die Männer ein und schärfte ihnen nochmals größte Aufmerksamkeit ein. Danach begab auch er sich in die Kultstätte zu den Anderen.

Duncan hatte währenddessen mit seinem Onkel die Örtlichkeit besichtigt und sie waren gerade dabei das weitere Vorgehen zu besprechen.

Duncan, Sean, Peter und Ann wollten demzufolge als Erstes in den Gang gehen und erkunden, wie tief dieser war. Allister sollte mit einem seiner Männer dafür Sorge tragen, dass immer genug Licht zur Verfügung stand. Duncans Onkel hingegen, sollte außerhalb des Ganges warten, bis sie den Gang untersucht und gesichert hatten.

Sir Sinclair seinerseits bestand jedoch darauf, von Anfang an dabei zu sein. Erst nachdem ihm sein Neffe und Peter davon überzeugt hatten, dass es durchaus lebensgefährlich werden konnte, erklärte er sich bereit, mit Thomas und Phillip in der Kultstätte zu warten, bis die anderen den Gang untersucht hatten.

Als dies alles geklärt war, gingen Peter, Ann, Duncan und Sean in den Gang. Kurz darauf folgten ihnen Allister und einer seiner Männer. Diese hatten beide Gaslaternen aus ihrer Ausrüstung dabei, die sie in regelmäßigen Abständen an der Wand des Ganges anbrachten, um zu gewährleisten, dass dieser genug ausleuchtet war.

Duncan und Peter hatten mit einiger Sorge orakelt, es könnten sich versteckt Fallen innerhalb des Ganges befinden und dementsprechend vorsichtig gingen sie auch zu Werke. Nach etwa 100 m beschrieb der Gang einen leichten rechts Knick und führte fortan auch mit einem leichten Gefälle tiefer in den Berg. Nachdem sie so circa weitere 250 m, ohne Zwischenfall, zurückgelegt hatten, machte der Gang unvermittelt einen weiteren Knick, diesmal allerdings nach links, welcher nahezu im rechten Winkel, jedoch eben, tiefer in den Berg führte.

Nachdem sie so weitere 250 Meter, die nun nicht Schnur geradeaus, sondern sich etwas verschlungen bewegten, gegangen waren. Standen sie vor einem weiteren „Tor" aus massivem Felsen, welches das Weiterkommen unmöglich machte. Sie waren erleichtert darüber, dass sie bis hierhin gekommen waren, ohne auf eine der von ihnen vermuteten Fallen gestoßen zu sein. Doch waren sie auch enttäuscht darüber, jetzt wieder vor einem weiteren, scheinbar unüberwindlichen, Hindernis zu stehen.

Nach einer kurzen Diskussion über das weitere Vorgehen versuchten sie, wie sie das auch schon beim Tor in der Kultstätte getan hatten, die Wände nach verborgenen Zeichen oder Hinweisen zu untersuchen. Mussten aber, zu ihrem Bedauern, schnell feststellen, dass sie dazu nicht genügend Licht hatten.

So beschlossen sie, dass Sean, Allister und sein Mann zurück zur Ausrüstung gehen sollten, um von dort die restlichen Lampen zu holen. Sie sollten bei der Gelegenheit auch gleich Sir Sinclair berichten, was sich bis jetzt ereignet hatte. Unterdessen wollten Duncan, Peter und Ann weiterhin, trotz spärlichen Lichts, versuchen Hinweise zur Beseitigung des Hindernisses zu finden.

Nach kurzer Zeit ging Ann, zur Verwunderung von Peter und Duncan, ein Stück zurück in den Gang. Als sie nach einigen Minuten wieder bei ihnen war, durchbrach sie die Stille und fragte an die beiden gerichtet. „Ist euch eigentlich an der Beschaffenheit des Felsen nichts aufgefallen?"

Als die beiden nur mit den Schultern zuckten und den Kopf schüttelten, fuhr sie fort. „Seit wir um die letzte Biegung gekommen sind, wurde der Anteil an Steinsalz in der Wand des Ganges immer größer! Das könnt ihr am rötlichen Schimmern erkennen. Auch die Luft riecht hier anders. Könnt ihr es nicht schmecken?"

Wiederum schüttelten die beiden die Köpfe. Sie hatten nicht darauf geachtet. Sie zogen nun bewusst zwei-, dreimal tief Luft ein und nun merken sie erstaunt das Ann recht hatte. Diese fuhr mit ihren Ausführungen fort.

„Wir sind in einem Stollen eines Salzbergwerkes. Das ist es doch, wonach wir gesucht hatten, nicht?" Duncan und Peter nickten nur stumm.

„Seht ihr und die Wand vor uns besteht nicht aus demselben Gestein wie die Wände des vorderen Ganges. Das bedeutet doch, dass sie nachträglich hierher gebracht worden ist, oder?"

Sie schaute die beiden Männer an, die vor Verwunderung nicht antworten konnten.

„Wie sie hierherkam werden wir wahrscheinlich nicht klären können, doch ist es so, nicht wahr?"

Mit dieser Frage schloss Ann ihre Ausführung. Duncan und Peter schauten sich immer noch erstaunt an. Wie konnte ihnen das nur entgehen? Sie schüttelten ihre Köpfe. Ann hatte recht und Peter äußerte seine dazu Gedanken laut. „Ann hat recht, das bedeutet aber auch, dass sich hinter dieser Wand höchst wahrscheinlich genau das befindet, was wir suchen. Danke Schatz, du bist ein Genie. Danke."

Er nahm Ann in die Arme und küsste sie und Duncan stand daneben und lächelte nur verlegen.

Sie waren also an der richtigen Stelle, das stand nun, zweifellos, für sie fest. Sie mussten jetzt nur noch herausfinden, wie sie das Hindernis beseitigen konnten. Gerade wollten sie sich wieder an die Lösung des Rätsels machen, als Sean und Allister, zusammen mit Duncans Onkel und Phillip ankamen und sich sogleich darum kümmerten, dass die Scheinwerfer, die sie mitgebracht hatten, so angebracht wurden, damit sie die Sperre vor ihnen optimal ausleuchteten. Als dieses geschehen war und das Licht endlich brannte. Stellten sie gemeinsam fest, dass dies die Suche ungemein erleichtern würde und dass die Feststellungen, die Ann gemacht hatte, der Wahrheit entsprachen. Nicht dass sie daran gezweifelt hatten, aber sie konnten es indessen auch richtig sehen.

Peter, Ann, Duncan und Sean hielten sich jetzt auch nicht mehr lange auf und begannen das Tor und die angrenzenden Wände des Ganges nach derselben Weise abzusuchen, wie sie es schon in der Eingangshöhle getan hatten. Allister hingegen war damit beschäftigt, immer für optimale Ausleuchtung zu sorgen. Sir William und Phillip schauten sich das ganze aus einiger Entfernung interessiert an.

Es verging einige Zeit in stiller Suche, bis Sean diese durchbrach, um mitzuteilen, dass er glaubt, etwas gefunden zu haben. Fast zeitgleich hatten auch Ann und Duncan eine Entdeckung zu berichten. Plötzlich kam Aufregung in die vier und Allister versuchte verzweifelt auf die drei Stellen die Strahler zu richten und Peter kam ihm dabei zur Hilfe. Als sie es nun geschafft hatten, untersuchten sie gemeinsam die Stellen und fanden dort die gleichen Symbole wie schon bei dem ersten Tor. Sie waren fast genau an denselben Stellen angebracht wie oben an dem anderen Tor. Gemeinsam traten sie zurück und wandten sich Duncans Onkel zu. Sie wollten beratschlagen, wie sie indessen weiter verfahren sollten.

Doch noch bevor sie damit beginnen konnten, stellte Sir William fest, dass das ganze Suchen mehr Zeit in Anspruch genommen hatte, wie sie in der ganzen Aufregung wahrgenommen hatten. Er schlug vor, den Stollen zu verlassen und zurück zum Lager zu gehen. Dort konnten sie dann die Ergebnisse des Tages aufarbeiten und alles Weitere besprechen. Sie löschten also das Licht und machten sich auf den Rückweg.

Als sie in der Eingangshöhle, so hatten sie die Kultstätte getauft, ankamen, begann es bereits dunkel zu werden. Allister gab seinen Männern, die er zurückließ, noch letzte Anweisungen und dann begaben sie sich zurück zum Lager.

Dort angekommen nahmen sie noch gemeinsam das Abendessen ein und diskutierten noch eine Weile. Dann gingen sie in ihre Zelte, um am nächsten Morgen ausgeruht den, wie sie hofften, letzten Teil der Aktion zu begehen.

Peter und Ann erwachten beide wieder fast gleichzeitig aus einem abermals sehr unruhigen Schlaf. Sie hatten, wie sich schnell herausstellte, wieder diesen Traum gehabt. Doch dieses Mal war er nicht so beunruhigend wie das erste Mal als sie hier ankamen. Sie kannten ihn ja bereits. Doch er war eindringlicher als das letzte Mal und sie konnten sich an mehr Einzelheiten erinnern. Sie beschlossen dieses Mal nicht mit Duncan zu sprechen. Sie wollten ihn nicht beunruhigen. Doch als sie ins Gemeinschaftszelt kamen, sahen sie, dass Duncan auch nicht sonderlich gut geschlafen hatte. Er sah ziemlich übernächtigt aus.

Als er sie entdeckte, kam er sofort auf sie zu und flüsterte ihnen zu. „Ihr seht nicht aus als hättet ihr gut geschlafen! Hattet ihr wieder euren Traum?"

Er schaute sie fragend an und sie nickten nur. Und so fuhr er fort. „Ich hatte ihn heute Nacht auch und er hat mich nicht sehr gut schlafen lassen. Was hat das zu bedeuten? Könnt ihr mir das sagen?"

Er sah sie dabei flehend an. Peter wollte zuerst nicht antworten, doch in diesem Moment kam Sir William ins Zelt und wirkte ebenfalls etwas übernächtigt und auch verstört. Da fiel es ihm und auch Ann wie Schuppen von den Augen und Ann antwortete Duncan ebenfalls flüsternd. „Duncan, wir sind vom selben Blut, wenn auch sehr entfernt. Aber wir sind vom selben Blut. Die anderen bekommen davon nichts mit. Die haben alle sehr gut geschlafen. Schau sie dir an. Das ist der Grund. Verstehst du?"

Nachdem Ann ihm das mitgeteilt hatte, fiel auch bei Duncan der Groschen. Er nickte nur und sie beschlossen stillschweigend nicht mehr darüber zu sprechen.

Sie setzten sich zu Sir William an den Tisch und kaum hatten sie Platz genommen, eröffnete ihnen dieser, dass er eine sehr unruhige Nacht gehabt hatte und er das Gefühl habe, es würde sich in Bälde etwas sehr Bedeutsames ereignen. Daraufhin nahmen sie alle schweigend ihr Frühstück zu sich.

Als sie damit dann geendet hatten und das Team zusammengestellt war, welches am heutigen Tag zur Höhle gehen sollte, um das Rätsel zu lösen. Machten sie sich auf den Weg dorthin.

Auf der ganzen Strecke wurde nicht viel geredet. Nachdem sie an der Eingangshöhle angekommen waren, begaben sich alle die, welche am Vortag schon dabei waren, mit Ausnahme des einen Mannes von Allister der durch Thomas ersetzt wurde, in den Gang zum zweiten Tor.

Auf dem Weg dorthin entzündeten sie wieder die Gaslaternen. Beim Tor angekommen stellte Allister den Generator an und sogleich war der Bereich vor dem Tor hell erleuchtet. Sie hatten beschlossen, dass Ann wieder, wie schon beim ersten Tor, den Mechanismus in Gang setzen sollte. Sie war es, wie auch schon in der Eingangshöhle, welche die wichtigen Hinweise gefunden hatte.

Dieses Mal drückte sie wieder zuerst das Symbol in der Mitte des Tores. Doch diesmal wollte es sich nicht bewegen. Also versuchte sie das Gegenteil. Es bewegte sich und rastete ein. Danach wandte sie sich dem dreigesichtigen Kopf rechts davon zu und drehte diesen diesmal in die andere Richtung, wieder so weit bis auch dieser wieder in den Gang blickte.

Die Spannung stieg unterdessen bis ins Unermessliche. Als sie dieses nun getan hatte, legte sie ihre Hand auf das Tatzenkreuz links vom Tor und versuchte es mit leichtem Druck in die Wand zu drücken und wieder gelang es ihr mühelos.

Es gab ein leises Knacken als es einrastete. Sie konnten es alle klar und deutlich hören, denn es war mittlerweile so still, dass man eine Stecknadel hätte fallen hören. Dann setzte sich die Felswand vor ihnen mit lautem Knirschen in Bewegung. Auch diese verschwand, wie schon die erste zuvor, in der Wand des Ganges und gab den Blick auf eine große Höhle preis, in die das Licht der Strahler fiel.

Die Höhle erinnerte eher an einen Dom als an eine solche. Sie betraten sie, allen voran Sir William, mit großem Stauen und Ehrfurcht. Allister, Sean, Thomas und Phillip stellten schnell die Strahler so am Eingang auf, dass sie so viel wie möglich der Höhle erfassten und dann konnten auch sie sich vor Ehrfurcht nicht mehr bewegen.

Es war ein großer, nicht sehr hoher und ovaler Raum, an dessen rechter Seite sich entlang der Wand einige Truhen und Gerätschaften befanden, die ihnen völlig unbekannt waren, aber an Konstruktionen von Leonardo Da Vinci erinnerten. Entlang der linken Seite des Raumes waren Regale aufgestellt, in denen Bücher und Schriftrollen aufgereiht waren.

In der Mitte des Raumes stand ein seltsamer Schrein, der auf vier Beinen, wie die eines Tisches, ruhte. Er war mit einem golden funkelnden Material überzogen und hatte vier Tragegriffe, die denen einer Sänfte glichen.

Das seltsamste war jedoch das, welches sich auf dem Schrein befand. Es sah aus als würden darauf zwei Engel thronen, die mit ihren Flügeln einen Gegenstand hielten, der aussah als wäre es ein Kopf, welcher von innen heraus zu leuchten schien. Diese wiederum waren von 12 kleinen Schalen, die ebenfalls aus Gold zu bestehen schienen, umsäumt, sie waren aber leer.

Ihre Blicke saugten sich an diesem Kopf fest und Sir William entfuhren ehrfurchtsvoll die Worte

„Das Haupt des Baphomet! Die Bundeslade!"

und er verneigte sich. Die anderen bis auf Phillip taten es ihm gleich.

In diesem Moment rannte Phillip auf den Schrein zu und rief. „Das ist Eigentum der Kirche. Es wird nie euch gehören. Ich werde es nun, im Namen des Herrn, zerstören. Denn ihr seid alle zusammen Ketzer und habt kein Recht darauf."

Duncan hatte als erster den Schock überwunden und versuchte Phillip von seinem Tun abzuhalten. Doch Peter schaffte es gerade noch, ihn zurückzuhalten. Phillip hatte den Schrein kaum erreicht und berührt als er wie vom Blitz getroffen zusammensackte und sich nicht mehr rührte.

Nach einiger Zeit hatten sie sich von dem Schock, den das letzte Ereignis in ihnen ausgelöst hatte, erholt und Sir William ergriff als erster das Wort. „Jetzt weiß ich auch, warum Sie keinen Versuch mehr unternommen haben, um eurer habhaft zu werden. Ich wusste zwar, dass sie ihre Leute bei uns eingeschleust hatten. Aber dass sie die ganze Zeit so nah bei mir waren, war mir nicht bewusst." sagte er immer noch sichtlich geschockt.

Während dessen schafften Allister, Sean und Thomas den reglosen Körper von Phillip aus der Höhle.

Duncan wandte sich an Peter und fragte ihn, immer noch unter Schock stehend. „Warum hast du mich zurückgehalten? Sag mir warum?"

Peter antwortete, ebenfalls noch sehr verstört, emotionslos. „Ich habe es vorausgesehen. Es war im Traum. Ich wusste nur nicht, wer die Person war. Wie kann das sein? Es tut mir leid Duncan, aber ich konnte nicht anders. Irgendetwas hat mich dazu gezwungen. Es tut mir wirklich leid, Duncan. Ich wollte nicht, dass er zu Schaden kommt. Aber ich musste dich doch schützen!"

Der Schock über das Ereignis löste sich langsam und Peter fing an am ganzen Körper zu zittern. Ann nahm ihn in den Arm und versuchte, Peter zu beruhigen. Denn sie wusste, dass er die Wahrheit sprach. Sie hatte es auch gesehen.

Duncan begann langsam zu verstehen, er hatte ja auch diesen seltsamen Traum. Doch war er jedes Mal aufgewacht als sie den Raum betreten hatten und mit dieser Einsicht war er Peter überaus dankbar.

Die anderen, außer Sir William, verstanden nicht, wovon die drei redeten. Sie standen völlig ratlos am Eingang des geheimen Raumes und schauten sich nur fragend an.

Sir William wies Sean an, mit den anderen beiden und dem leblosen Körper von Phillip nach oben zu gehen und dort auf sie zu warten.

Daraufhin dreht er sich um und ging auf Peter, Ann und Duncan zu. Als bei ihnen angekommen war, legte er die Arme um sie und sagte. „Wir sind am Ziel angelangt. Wir haben endlich das Vermächtnis unserer Vorväter gefunden. Wisst ihr, was das bedeutet? Wisst ihr es?" schloss er mit nachdrücklichem Ton in der Stimme.

Die drei nicken und Peter antwortet für sie. „Ja, Sir William, das wissen wir nur zu genau. Wir haben jetzt die Mittel in der Hand, um die Veränderungen, die notwendig sind, Nachdruck zu verleihen. Wir alle wissen, dass wir auf der Schwelle zu einem neuen Zeitalter stehen und dass wir nun diesen Raum, mit den Dingen darin gefunden haben, bürdet uns, eine große Verantwortung auf. Die Lade und das Haupt des Baphomet wollten von uns gefunden werden. Das wisst ihr genauso gut wie wir. Sie werden uns auch sehr hilfreich sein. Aber, und das wisst ihr auch, wir dürfen sie nicht zu unserem eigenen Vorteil verwenden! Denn wohin das führen wird, haben unsere Vorväter zu spüren bekommen."

Er machte eine kurze Pause, um zu sehen, wie die anderen reagierten. Als er bemerkte, dass sie ihm zustimmten, fuhr er fort. „Lasst uns hier und jetzt schwören, alles zum Wohle der Menschheit einzusetzen. Damit der Sprung in das neue Zeitalter gelingt. Wir werden eh noch viele Unwägbarkeiten zu überstehen haben. Denn die anderen werden mit Sicherheit nicht tatenlos zuschauen, wie wir ihnen ihre Macht über die Menschheit nehmen werden."

Ann, Duncan und Sir William nickten abermals zustimmend und sie alle nahmen sich bei den Händen. Nochmals ergriff Peter das Wort.

„So lasst es beginnen. Zuallererst müssen wir die anderen 12 Häupter mit diesem hier zusammenbringen." Er deutet auf die 12 Schalen auf der Bundeslade. „Denn dann werden wir erfahren, was außerdem dem, welches wir schon begonnen haben, zu tun sein wird!"

Als er geendet hatte, verließen sie gemeinsam den geheimen Raum. Ann dreht einem inneren Impuls folgend den Kopf an der rechten Wand zurück an seine Ausgangsposition und im selben Augenblick fuhr die Felswand zurück und verschloss das Gewölbe wieder. Sie gingen den Tunnel hinauf zur Eingangshöhle und löschten dabei die Laternen. Oben angekommen wiederholte Ann, was sie schon am Eingang des Gewölbes tat und auch hier verschloss die Felswand wieder den Tunnel. Es war nun wieder alles so wie sie vor ein paar Tagen vorgefunden hatten und doch war es anders. Sie wussten, dass sie schon bald zurückkehren würden, um die

Geheimnisse weitererkunden. Doch im Augenblick hatten sie noch sehr viele Dinge vorzubereiten.

Mit diesem Wissen nun fuhren sie zurück nach Edin-burgh

und

es begann.